SÓ PEGAÇÃO?

CIP-BRASIL. CATALOGAÇÃO NA PUBLICAÇÃO
SINDICATO NACIONAL DOS EDITORES DE LIVROS, RJ

M932s   Munhós, Luciane Korman
           Só pegação : o universo dos sites de relacionamento / Luciane Korman Munhós. – 1. ed. – Porto Alegre : AGE, 2022.
           143 p. ; 14x21 cm.

           ISBN 978-65-5863-094-4
           ISBN E-BOOK 978-65-5863-096-8

           1. Namoro – Recursos de rede de computador. 2. Redes sociais on-line. 3. Encontros on-line. I. Título.

21-74648   CDD: 306.7340285
                    CDU: 392.4:(004.738.5:316.472.4)

Meri Gleice Rodrigues de Souza – Bibliotecária – CRB-7/6439

Luciane Korman Munhós

SÓ PEGAÇÃO?

O universo dos *sites* de relacionamento

Editora **AGE**

PORTO ALEGRE, 2022

© Luciane Korman Munhós, 2022

Capa:
Nathalia Real, utilizando imagem de Freepik.com

Diagramação:
Nathalia Real

Supervisão editorial:
Paulo Flávio Ledur

Editoração eletrônica:
Ledur Serviços Editoriais Ltda.

Reservados todos os direitos de publicação à
LEDUR SERVIÇOS EDITORIAIS LTDA.
editoraage@editoraage.com.br
Rua Valparaíso, 285 – Bairro Jardim Botânico
90690-300 – Porto Alegre, RS, Brasil
Fone: (51) 3223-9385 | Whats: (51) 99151-0311
vendas@editoraage.com.br
www.editoraage.com.br

Impresso no Brasil / Printed in Brazil

AGRADECIMENTOS

Aos meus queridos pais, Juarez e Irene, pela demonstração diária de que o amor existe, pelo exemplo de parceria e cuidado, e pelo apoio incondicional durante toda a minha vida, enfim, por me terem propiciado uma base que foi fundamental para eu me tornar esta mulher forte, independente e decidida.

Aos meus irmãos, Elaine e Gustavo, por estarem sempre ao meu lado, dando apoio, amizade, carinho e compreensão.

Às minhas filhas, Luísa e Clara, por me desafiarem a ser a cada dia melhor, mais tolerante, mais aberta ao diferente, sobretudo às inovações tecnológicas, o que me motivou a escrever este livro.

PREFÁCIO

Todos buscamos a felicidade e, como seres sociáveis que somos, queremos encontrar uma pessoa para estabelecer uma parceria, seja ela para um momento, ou para a vida.

Dentre as opções existentes, há ferramentas para auxiliar-nos nessa busca, que são os *sites* de relacionamento.

O assunto *sites* de relacionamento tem gerado algumas polêmicas, provocando até uma onda de preconceito em relação à sua utilização, pessoas que pensam que esses recursos servem somente pra azaração, sexo casual, ou coisas afins.

Como em todas as circunstâncias que envolvem início de relacionamento ou procura por relacionamento, vai-se encontrar de tudo. Os *sites* e *apps* de relacionamento não são diferentes. Eles são frequentados por pessoas que só buscam por sexo casual, pessoas que mentem sua identidade, pessoas casadas e pessoas que buscam por uma relação séria, a relação derradeira para suas vidas. E posso afirmar que há muita gente por lá buscando relacionamento sério e saudável.

Como instrumento de aproximação que são, o uso dessas ferramentas tem se disseminado muito ultimamente. Uma das principais empresas do ramo informou em entrevista ao G1, em junho de 2018, que o Brasil era, à época, o segundo maior mercado de relacionamento *on-line* explorado pela empresa, que faturava U$ 1,1 bilhão por ano nessa atividade.

Com o advento da pandemia COVID-19 e a imposição de isolamento, mesmo que autoestabelecido, o que já era uma tendência mundial, tornou-se uma solução para a solidão gerada pela necessidade de adaptação social.

Outra informação interessante fornecida pela empresa naquela reportagem é que o maior mercado está justamente no meu perfil, pessoas com mais de 50 anos, muitas das quais aposentadas.

Em publicação da edicaodobrasil.com.br, em 14 de setembro de 2018, Daniel Amaro informa que uma pesquisa realizada pelo *site* de relacionamento Happn Brasil, revela que 60% dos brasileiros fazem uso desses aplicativos.

Ainda nessa reportagem, a pesquisa aponta os seguintes números de popularidade para os aplicativos:

Apps	N.º de usuários
Tinder	50 ml
Happn	37 ml
Par Perfeito	30 ml
Badoo	20 ml
Grindr	3,6 ml

Fonte: edicaodobrasil.com.br, 14/09/2018

Segundo pesquisas recentes, no Brasil, hoje, a população com idade superior a 50 anos representa mais de 50 milhões. Essa população, para os padrões atuais, ainda vive intensamente, viaja, trabalha e namora e, com o aumento da expectativa de vida, investe em relações a longo prazo.

Eu fui uma das clientes dessa empresa citada na entrevista com o G1, dentre outras, e me considero muito satisfeita com as experiências que vivi utilizando, tanto essa ferramenta, como outras que existem no mercado.

Nessas experiências que vivi, percebi que muitas pessoas inscrevem perfis nada atrativos ou inadequados, propiciando experiências não tão agradáveis, o que pode gerar frustração e insatisfação, podendo chegar a problemas de autoestima.

Outra possibilidade é passar a desacreditar na própria validade do uso dessas ferramentas como forma de encontrar um(a) parceiro(a).

Nessa vivência também passei por experiências que me mostraram que há sérios riscos aos quais podemos estar expostos quando não sabemos utilizar essas ferramentas com os cuidados necessários. E isso não é exclusividade brasileira. O risco está presente em todos os *sites* de relacionamento que experimentei.

Foi isso que me motivou a escrever este livro, no qual pretendo ajudar as pessoas que usam essas redes sociais e não têm obtido sucesso, bem como as que querem usá-las e não sabem como fazê-lo, demonstrando alguns dos riscos aos quais ficamos expostos, bem como dando algumas dicas do que fazer e do que não fazer ao inscrever-se e utilizar esse tipo de auxílio na busca por uma companhia.

Certamente há muito mais a ser dito sobre o assunto, tanto em cuidados, quanto em dicas, portanto recomendo ao leitor que leve o que aqui está escrito como um ponto de partida para uma experiência muito maior, que pode ter resultados bem diferentes dos meus, pois não sou uma profissional no assunto, apenas uma experimentadora.

Se encontrei o meu par ideal nos *sites* de relacionamento? Ainda não, mas não perco a esperança. Continuo experimentando a vida e as relações que ela pode me proporcionar. Acredito que minhas chances são muito maiores utilizando esses recursos do que esperando pelas coincidências diárias.

SUMÁRIO

1 Minhas experiências em *sites* de relacionamento 13

2 O aprendizado: diferenças entre os diversos
   sites de relacionamento 31
   Match LA 34
   Match Latam – Par Perfeito – Our Time 36
   Solteiros50 40
   Amor e classe 44
   Happn 45
   Meetic – Espanha 48
   eHarmony 54
   Inner Circle 58
   Tinder 60

3 O que há de comum nos *sites* de relacionamento 63

4 Diferenças culturais nos *sites* de relacionamento 67

5 Perfis nos *sites* de relacionamento: acertos e erros 71
   Exemplos de perfis inadequados 74
   Perfis atraentes – exemplos 91

6 Considerações sobre as fotos postadas nos *sites* 99
   Sugestões de fotos 106

7 Dicas para preenchimento de perfil nos *sites* de relacionamento 109

8 As vantagens de optar por um *site* pago 117

9 Selecionado o perfil: como interagir? 119

10 Alertas e cuidados na navegação 123

11 Como evitar passar dos limites 133

12 Primeiro encontro: dicas 137
   Segurança no primeiro encontro 141

Epílogo 143

MINHAS EXPERIÊNCIAS EM *SITES* DE RELACIONAMENTO

Sou uma mulher madura, com 54 anos, divorciada há 5 anos. Sem qualquer traço de presunção, me considero bonita para os parâmetros da minha idade, bem-sucedida, bem resolvida emocionalmente e aberta até certo ponto.

Fui casada por 23 anos e tenho duas filhas adultas, independentes.

Meu ex-marido foi o primeiro homem com quem eu havia feito sexo na vida. Mas eu sempre gostei de namorar. Quando era adolescente, tive muitos namorados. Namoros bobos de adolescentes, que beijam muito, mas não passam sequer para a fase 2.

Eu perdi minha virgindade aos 23 anos, o que considero tarde para a minha geração, uma geração que – apesar de haver crescido em meio a muitos tabus, experimentou mudanças comportamentais em relação à libertação sexual. Filhos das pessoas que sofreram as imposições da ditadura militar, pessoas que se importavam muito com a impressão que passariam aos outros; portanto, passei a maior parte da minha vida adulta convivendo com muitos freios em relação à minha sexualidade.

Apesar do que pensam os jovens – e eu também pensava assim –, aos 54 anos descobri que ainda tenho vida amorosa e sexual. Na minha idade somos capazes de nos apaixonar e de sentir atração sexual e podemos obter ainda mais prazer nas relações que estabelecemos, apesar de todas as amarras sociais. Basta que nos demos a chance de descobrir e de estar abertos a novas experiências.

Considero-me uma pessoa privilegiada em dizer que consegui atingir o autoconhecimento, suficiente para saber o que quero e o que gosto, o que não é comum no público feminino, em especial da minha geração. Sendo assim, agora já liberta das amarras que me detinham anteriormente, saí em busca da felicidade.

A primeira vez que me inscrevi num *site* de relacionamentos foi aproximadamente dois anos após o meu divórcio.

Nessa época eu não queria conhecer alguém de perto. Acho que estava com medo de começar a namorar, ou fora de forma mesmo, então, por curiosidade, me inscrevi num *site* de relacionamento com o objetivo de buscar alguém de longe, mas sem ter realmente a intenção de namorar pessoalmente. Pensava que poderia *deixar rolar*, conversar, enfim, completar um espaço que faltava à época, o de compartilhar os momentos de solidão.

Procurei um *site* que favorecesse encontros internacionais, no qual as pessoas pudessem interessar-se por outras de países diversos do seu. Até o momento não descobri um *site* satisfatório, que possibilite esse intercâmbio adequado entre pessoas com perfil compatível com o meu e meus objetivos.

Buscando inscrever-me num *site* onde uma amiga obteve sucesso e conheceu um estrangeiro, acabei me inscrevendo por engano em um *site* somente para pessoas de Los Angeles, Califórnia.

Foi uma experiência e tanto! Descobri que lá o romance por Internet é levado a sério. Os homens falam, sem economizar palavras, como acreditam que são e dizem o que esperam de uma parceira ideal, tanto em tipo físico, como em traços de caráter e hábitos. Aprendi que os *sites* de relacionamento norte-americanos, espanhóis e ingleses são bem detalhistas no que concerne a perfis dos assinantes. Há realmente um esforço para buscar a compatibilidade entre as pessoas que ali se inscrevem.

Ao que tudo indica, especialmente nos Estados Unidos, é muito comum as pessoas se conhecerem por esses meios, e há inúmeros casos de relacionamentos bem-sucedidos que ali se originaram. Já conheço diversas histórias no Brasil também.

Comecei com um pouco de vergonha. Sabia que ficaria exposta; então, iniciei na versão gratuita, pensando em não colocar fotos.

De cara descobri que sem pagar pelo aplicativo – a maioria funciona assim – minhas chances ficariam muito reduzidas, pois não conseguiria sequer ler o que as pessoas me escreviam.

Resolvi, então, investir na experiência e paguei pelo uso do serviço.

Não demorou muito para eu começar a ler os perfis das pessoas, com fotos e sua descrição, e, ao ler o que escreviam, não raro diziam que não responderiam a perfis sem foto. Depois de pensar um pouco, avaliei como razoável essa exigência, pois a pessoa se expõe, fala de si, do que espera do outro, mostra suas fotos e, portanto, parece justo esperar reciprocidade.

Nesse *site* tive a oportunidade de conhecer alguns perfis de homens em cujas fotos apareciam muito bonitos, militares em seus uniformes, viúvos, eis o perfil mais *fake* impossível – militar viúvo. Devo confessar que levei um bom tempo para fazer essa descoberta. Já ouvi dizer que há mulheres que têm fetiche por uniforme – e homens também. Deve ser essa a razão para os fraudadores optarem por esse tipo de perfil.

Logo pediam o número de meu telefone para conversar por outros programas fora do aplicativo de relacionamento. Mais tarde vim a descobrir que faziam isso porque as conversas nos *sites* e aplicativos de relacionamento são monitoradas e podem servir de prova em caso de extorsão ou aplicação de golpe, o que acontece com alguma frequência, infelizmente. No exterior há pessoas condenadas por esse tipo de crime.

Graças à minha experiência pessoal e profissional, não tive nenhum prejuízo financeiro, mas não posso dizer que não fui enganada por mais de um perfil *fake* naquele sítio.

O primeiro que apareceu dizia chamar-se William. Afirmava ser militar, viúvo, em missão no Iraque. Tinha umas fotos lindas e, poucos dias depois de me atrair para um aplicativo e passar a falar comigo por canal diverso do *site* de relacionamento, já falava em romance, em estar se apaixonando por mim. Era meu primeiro pseudorrelacionamento pós-divórcio. Eu desconfiava, mas queria acreditar que era verdade.

William mandou-me inúmeras mensagens, durante muitas horas todos os dias. Chegou a fazer uma chamada de vídeo na qual a câmera dele não mostrava imagem – provavelmente estava fechada. Acredito que se divertia às minhas custas, mas o plano era pedir dinheiro.

Logo falava em vir me visitar no Brasil, que teria férias e tinha pressa em me ver.

Ficamos trocando mensagens por aproximadamente um mês, quando ele começou a planejar – em tese – sua vinda durante a sua folga. Foi quando eu comecei a perceber que toda sexta e sábado à noite ele desaparecia.

Um dia, quando perguntei a ele o que havia acontecido após um fim de semana inteiro sem contato, ele contou que havia se ferido em combate.

Confesso que sou cética e acreditava nele desconfiando, mas, mesmo assim, me envolvi. Não me apaixonei por ele, mas estava gostando de conversar e receber sua atenção.

Imagino algumas pessoas que conheço: como teriam caído direitinho no conto, porque, mais do que acreditar realmente, a gente quer acreditar. Todos queremos ser amados, sobretudo pessoas que, como eu, já estão numa idade em que as chances são um pouco mais difíceis, porque já não curto baladas e não frequento os lugares onde podemos encontrar pessoas e interagir, como fazia quando era solteira e jovem. Além disso, é difícil encontrar homens, na minha faixa etária, economicamente estáveis, com um bom nível cultural, disponíveis e que não tenham muito amargor em relação a seus relacionamentos anteriores, pois a maioria passou por um ou alguns relacionamentos.

Enfim, após aproximadamente um mês e meio de troca de mensagens, ele disse que estava planejando vir, que pretendia comprar a passagem. Eu perguntei como faria com o visto para sua entrada no Brasil e ele disse que não teria problema com isso porque era militar. Embora eu não tivesse acreditado nisso, não dei importância. Imaginei que estaria administrando ou que ele estava sendo ingênuo de pensar que conseguiria ingressar no país sem visto, mas não me surpreendi quando, poucos dias depois, ele me mandou uma mensagem dizendo "ter tido problemas com o banco para retirar dinheiro para pagar por documentos que necessitaria para a viagem".

Esse foi o fim do primeiro relacionamento pela Internet que tive. Nem respondi. Eu o bloqueei no canal pelo qual nos comunicávamos e nunca mais ouvi falar no William.

Aliás, se há uma coisa boa nas ferramentas de Internet, é a possibilidade de bloquear esse tipo de pessoa sem precisar dar explicação.

Alguém poderia perguntar por que não falei nada para ele, por que não o denunciei? Eu respondo. Porque qualquer informação que eu desse a ele do que me tinha feito pensar ou concluir que ele estava tentando me passar um golpe o ajudaria no futuro a aprimorar sua técnica para aplicar novos golpes em outras mulheres ou em homens; afinal, não sabemos se o William era um homem, uma mulher, ou uma quadrilha por trás daquela imagem de soldado em serviço. Também não o denunciei porque, a essa altura, o perfil dele já não estava mais disponível no *site*. Mas é possível denunciar esse tipo de perfil nos aplicativos de relacionamento.

Depois do William, conheci o Laurence. Laurence, pelas fotos, era um coroa bonitão, elegante, que, nas fotos aparecia com um cachorro lindo, passeando nas montanhas. Laurence, em tese, era viúvo e estava tentando um contrato de trabalho grande, com uma empresa internacional que o levaria a trabalhar na Indonésia por três meses. Laurence dizia que, se conseguisse esse contrato, poderia se aposentar depois.

Logo Laurence também dizia estar se apaixonando por mim. Nossa! Eu era irresistível!

Laurence conseguiu o contrato e de imediato começou a fazer planos para me levar à Indonésia. Eu, já ressabiada, não sabia se confiava no Laurence ou não. Mas o ritmo do relacionamento não parecia normal.

Certa vez perguntei a Laurence com quem havia deixado o seu cachorro (aquele das fotos do perfil que ele havia incluído no *site* de relacionamento), pois havia conseguido o tal contrato e havia ido para a Indonésia. Ele teve dificuldade em lembrar do cachorro e acabou dizendo que havia morrido. Lembro-me de ter pensado que era muita morte – a da mulher e a do cachorro. Além disso, o fato de o cachorro ter morrido e ele não ter comentado me chamou a atenção, mas essas pessoas sabem ser envolventes, e acabei não dando tanta importância ao fato.

Um dia, conversando com minha filha, ela me sugeriu convidá-lo para ser meu amigo no Facebook, para que eu pudesse ter mais informações sobre ele. Embora inicialmente tenha me parecido que seria muita exposição, resolvi seguir o conselho. Dei a ele meu endereço daquela mídia social e, antes de aceitar o convite de amizade do Laurence, percebi que a conta não tinha um ano, ele tinha apenas uma amiga e não tinha foto pessoal nenhuma. Diante disso, não aceitei o convite dele no Facebook e isso foi o suficiente para eu encerrar mais uma experiência frustrada em *sites* de relacionamento.

Mas eu havia feito um contrato por seis meses no aplicativo, não queria desistir. Eu acreditava realmente que alguma experiência boa eu encontraria ali. Foi então que conheci David.

David era médico do exército americano, viúvo e tinha um filho de cinco anos. Seu perfil apresentava fotos usando roupas apropriadas para centros cirúrgicos.

Sim! Terceiro viúvo!

David estava em campo, por um período de três meses. Dizia que se sentia muito sozinho, que sua esposa tinha morrido de câncer e que estava procurando por uma companheira. Aliás, a mentira mais comum é que a esposa faleceu de câncer.

Já mais cuidadosa e procurando confirmar as informações que David havia incluído em seu perfil, perguntei a ele, após alguns dias de conversa, com quem ficava o seu filho enquanto estava em campo. Ele me disse que tinha uma babá contratada.

Não satisfeita com apenas essa informação, resolvi ir a fundo e disse a ele que admirava a confiança que ele depositava na babá e que deveria ser difícil para ele ficar tanto tempo longe do filho, ao que ele respondeu que a babá trabalhava para eles há mais de 10 anos.

Fiquei me perguntando de quem a babá cuidava antes; afinal, a idade do filho era de cinco anos! Ali terminei meu relacionamento com David. Também sem explicação.

A essa altura do campeonato, eu já estava muito decepcionada com o *site* de relacionamento. Pensava que lá só encontraria golpistas, além de isso estar começando a afetar minha autoestima; afinal, não conseguia me relacionar com homens decentes da minha idade. Já pensava que fazer a inscrição em *sites* estrangeiros teria sido um erro, além de uma série de pensamentos relacionados à possibilidade de preconceito. Foi inevitável pensar também que o problema era minha idade. Enfim, esse tipo de experiência começa realmente a gerar frustração.

O interessante é que muitas mulheres têm vergonha de dizer que estão frequentando *sites* de relacionamento e acabam ficando mais expostas a esse tipo de situação, porque, como não comentam com ninguém, não podem contar com um olhar de fora da situação para alertá-las sobre o risco que correm.

Embora já estivesse frustrada com minhas experiências anteriores, resolvi continuar e dar mais uma chance, já com poucas esperanças.

A pessoa que conheci depois de David, que vou chamar de Charles, era real, existia. Era um homem bom, tinha um bom papo e mantivemos um relacionamento à distância por uns três meses antes de nos conhecermos pessoalmente.

Não foi fácil no início, porque Charles encontrou dificuldades em encarar um relacionamento à distância e resolveu explorar algo mais perto por um tempo. Mas depois de uma breve experiência, ele voltou a fazer contato, buscando retomar de onde havíamos parado.

Charles era um técnico de informática, formado em Psicologia, que morava sozinho em Los Angeles.

Uma pessoa muito boa que me levou a conhecer LA. Passamos excelentes momentos juntos, mas o relacionamento acabou não dando certo. Já nos relacionávamos por uns oito meses e eu já estava com a segunda viagem pra Califórnia programada quando resolvi colocar os prós e os contras daquele relacionamento na balança e concluí que havia mais contras do que prós.

Hoje ainda somos amigos, nos falamos com frequência por aplicativos. Ele ainda fez algumas tentativas para reatarmos, mas eu realmente não vejo essa possibilidade. Não pela distância, pois, por incrível que pareça, estávamos fazendo funcionar.

Não sou a única que experimentou relacionamento à distância e conseguiu conciliar. Tenho uma amiga que se relaciona com uma pessoa do norte da Europa há anos. Eles se encontram diversas vezes por ano para viajar pelo mundo, e o relacionamento funciona muito bem para eles.

Mas voltemos ao foco.

Depois dessas experiências com o *site* de Los Angeles, e depois de já ter quebrado o gelo e voltado a me relacionar, passando o que uma amiga psicóloga me disse que era a "fase de luto pós-divórcio", resolvi me inscrever em um *site* de relacionamento brasileiro e passei a procurar por um parceiro nas redondezas.

Desta vez procurei ser mais objetiva em relação ao que eu buscava. Uma vez vencida a etapa de vergonha e medo, optei por deixar claro que buscava um homem maduro, independente, especialmente no sentido financeiro, com o qual gostaria de partilhar bons momentos.

Uma das vantagens dos *sites* de relacionamento é que podemos avançar algumas etapas ao incluir informações objetivas no perfil sobre como somos e quais são as nossas expectativas em relação ao parceiro ideal. Isso abrevia a busca.

Assim, depois de conversar com algumas pessoas, conheci um homem muito querido, ao qual chamarei de Paulo.

Estive com Paulo por quase dois anos. Foram bons tempos, mas não deu certo. Paulo foi a prova de que podemos encontrar alguém nos *sites* de relacionamento e ser felizes, mesmo que por dois anos. O que aconteceu? Bem, tivemos uma pandemia e a convivência diária não resistiu ao isolamento social. Sei que Paulo está feliz agora, e isso me deixa feliz também.

Depois do relacionamento com Paulo, fiquei um bom tempo sem procurar outra pessoa nas redes sociais. Pensei que seria complicado, em plena pandemia, relacionar-me com um homem e preservar minha saúde.

Após um tempo, entretanto, sofrendo com a solidão, saí em busca da felicidade novamente. Dessa vez já havia pensado em escrever a respeito do assunto, pois percebi que durante o período de isolamento social muitas pessoas poderiam estar se sentindo como eu.

Além disso, já havia algum tempo percebera que algumas amigas se sentiam sós e não sabiam como lidar com isso. Algumas me perguntavam sobre minhas experiências e até ajudei a criarem contas em *sites* de relacionamento. Foi quando descobri que as pessoas enfrentam dificuldades para realizar essa tarefa. Não sabem o que escrever, escolher a melhor foto, procurar parceiros adequados, além de identificar perfis *fakes*, enfim. Foi minha motivação para escrever.

Dessa vez me inscrevi em um *site* inglês. Pensei em avaliar como são os homens ingleses em relacionamento a distância.

Minha experiência com os ingleses foi péssima. Os ingleses são muito práticos. Sequer interagem se encontram barreira na distância. Passei alguns meses nesse *site* até concluir que ali não conheceria ninguém aberto o suficiente para relacionar-se com uma pessoa da América Latina. Bem, talvez eles pensassem que eu estava em busca de cidadania inglesa, o que deve ser comum. A bem da verdade, também tenho de admitir que não tomei muita iniciativa para interagir com os ingleses.

Depois dessa experiência frustrante com os ingleses, como sou boa no espanhol e tenho uma amiga que mora em Barcelona, além do fato de conhecer bem o perfil latino em razão de ter morado dez anos fora do Brasil, resolvi me aventurar num *site* espanhol. Incluí um perfil para Barcelona e fui em busca da felicidade novamente.

Minha filha havia se mudado para a Europa na época, e eu tinha a intenção de passar o fim de ano com ela. Pensei em unir o agradável ao mais agradável ainda e dar uma passada em Barcelona se encontrasse um perfil interessante o suficiente para chegar a conhecê-lo. Acho que teria sido uma experiência incrível conhecer aquela cidade em boa companhia.

Fiz uma longa descrição do que considero representar-me e, ao final, escrevi que moro no Brasil e que estava no Brasil.

Então percebi quão visual o homem é, de maneira geral, mais especificamente em relação ao físico feminino. Olhavam minhas fotos e saíam escrevendo sem saber que eu morava no Brasil.

Nessas idas e vindas constatei que nem todos são gentis nos *sites* de relacionamento. Um deles, que logo pediu meu WhatsApp, ao ver que o número não era da Espanha – obviamente não tinha lido meu perfil –, após ofender-me, bloqueou-me e me inseriu em sua lista negra no *site* de relacionamento. Aliás, alguns espanhóis não são muito gentis. Posso dizer isso com tranquilidade, porque em nenhum outro *site* de relacionamento entrei em contato com pessoas que, pelo simples fato de você não responder na hora à sua proposta de *chat*, te inserem em sua lista negra. Por favor, não vamos generalizar porque encontrei algumas pessoas muito queridas naquele *site*.

Enfim, tudo são experiências.

Diante desse contexto, passei a perguntar de cara, para cada pessoa que me convidava para um bate-papo, se havia lido meu perfil e se havia percebido que moro no Brasil.

Foram diversas pessoas que manifestaram surpresa com esse fato. Algumas foram gentis, outras curiosas em relação à razão que me levara a me inscrever naquele *site*, ou em relação às minhas pretensões, e outras simplesmente não me respondiam mais.

Apesar disso, encontrei pessoas maravilhosas pelo caminho, com as quais troquei mensagens e com as quais eu poderia estabelecer bons laços de amizade. Relacionamento romântico não aconteceu.

Minha conclusão a respeito é de que é muito difícil encontrar um homem que aceite a distância num relacionamento.

Não tenho formação em Psicologia, mas poderia apostar que o aspecto físico, o envolvimento sexual é fator determinante na equação.

Tampouco tiro a razão deles. Também adoro um contato físico, mas sou uma pessoa capaz de aceitar a distância num relacionamento amoroso, desde que haja contato constante. Não que sexo não me faça falta.

Enfim, um pouco antes de encerrar a experiência em Barcelona, eu já havia me inscrito em um *site* de relacionamento local novamente, onde conheci algumas pessoas interessantes.

Nesse *site* conheci um homem, que hoje é meu amigo, com o qual tomei um café numa tarde de domingo. Escolhemos uma cafeteria ao ar livre, em razão da pandemia e tivemos uma longa e muito boa conversa, mas mantivemos a relação no plano da amizade.

Às vezes simplesmente as coisas não evoluem para um relacionamento romântico. A vantagem é que também podemos fazer amigos.

Ao mesmo tempo que me inscrevi nesse *site*, me inscrevi em outros dois, um deles por engano.

Quando me inscrevi nesse *site*, o segundo, comecei a receber umas mensagens muito atrevidas. No início pensei que meu computador havia sido hackeado, que minhas fotos e *e-mail* haviam sido inseridos por outra pessoa. Foi então que percebi que eu mesma havia incluído um perfil em um *site* mais *caliente*.

Nesse *site* tive a oportunidade de ver quantos homens casados buscam por encontros fora do casamento. Não é exclusividade desse *site*, mas nesse havia muitos perfis do gênero.

Como esse tipo de relação não é a que procuro, excluí o meu perfil dali o mais rápido que pude.

Dali em diante passei a ser mais atenta na seleção de sítio na Internet para inclusão de perfis.

De qualquer forma, foi um novo aprendizado. Há de tudo neste mundo!

Bem, como disse antes, estava também inscrita em outro *site*. Esse *site* proporcionava mais objetividade no relacionamento. Buscava pelas pessoas próximas fisicamente. Mais especificamente, quem havia cruzado meu caminho.

Nesse *site* as pessoas são mais diretas. Vão direto ao ponto. Algumas pessoas podem se assustar com isso.

Para exemplificar, num certo dia, um homem fez contato e, depois de se apresentar e conversar muito rapidamente, foi direto e perguntou se eu estaria disposta a participar de um *ménage*. Falou que ele tinha uma relação muito boa com duas amigas, mas que uma delas estava noiva e iria se casar e os dois remanescentes procuravam por uma terceira pessoa. Não me senti desrespeitada com a pergunta dele. Pelo contrário. Pra dizer a verdade, até achei engraçado. Ele foi prático. Estava à procura de alguém com um perfil mais aberto que o meu e não estava disposto a perder tempo com jogos de sedução à distância. Não foi rude, nem grosseiro.

Eu respondi que não tinha interesse. Agradeci o convite e ainda nos falamos por uns dias, com respeito e cortesia.

Nem todos faziam esse tipo de proposta nesse *site*. Não conto essa experiência para assustar. Apenas temos que saber que, tendo uma cortina na frente, que é o computador, podemos nos sentir mais livres para propor ou aceitar propostas, caso estejamos abertos a novas experiências. Se esse for seu perfil, vá em frente, mas tenha muito cuidado. Leia o capítulo relativo aos alertas e cuidados, não apenas na navegação, como também em encontros. Não se aventure sem medir as consequências.

Depois dessas duas experiências, novamente mudei de aplicativos. Claro que não faço isso pensando exclusivamente em pesquisas. Também tenho a esperança de encontrar meu par ideal, esteja ele onde estiver.

Dando sequência à minha busca, novamente incluí um perfil no mesmo *site* onde conheci o Paulo e voltei a entrar em contato com alguns homens. Encontrei alguns perfis interessantes, dentre eles o do que chamaremos de Roberto.

Roberto morava a 500km de minha casa; ainda assim, decidimos nos conhecer pessoalmente. Foi uma ótima experiência. Ótima, mas curta. Ainda vou escrever um livro sobre esse relacionamento, que, apesar de muito curto, merece uma análise mais profunda. Um dia... quem sabe. Resumindo: tudo parecia ir muito bem. Roberto já havia vindo diversas vezes à minha cidade, viajamos juntos, passamos ótimos momentos, até o Roberto desaparecer sem explicação. Seus contatos começaram a diminuir.

Eu havia deixado o meu perfil oculto no *site*, que é uma possibilidade caso você queira se dedicar a um relacionamento e ver se ele evolui. Nesse caso, você não interage com ninguém, e ninguém consegue ver seu perfil, mas ele continua ativo.

Quando resolvi, por curiosidade, ver como estava seu perfil no *site* de relacionamento, percebi que ele andava *on-line* por lá.

Fiquei chateada e meio perdida. É inevitável fazer uma autoavaliação para tentar identificar onde falhamos. Confesso que não entendi.

Mas não sou uma pessoa que se apega ao passado. O passado tem que servir de aprendizado para que evoluamos. Apesar de não ter tirado nenhum aprendizado dessa experiência, nesse caso, restou a aceitação.

Então segui minha busca pela felicidade. Reativei meu perfil naquele *site* de relacionamento.

Além disso, novamente inscrita num *site* da Espanha, pois cometi o erro de não agendar o cancelamento do pagamento pelo uso do *site* – outro ponto importante a cuidar –, resolvi explorar o perfil do homem de Madri, mas dessa vez sem a pretensão de encontrar minha alma gêmea por lá, e sim de fazer amizade e, se algo surgisse daí, seria lucro. Além disso, seguia com as pesquisas para enriquecer minhas experiências.

Lá encontrei uma pessoa inicialmente muito querida com a qual troquei mensagens por umas três semanas.

Essa pessoa, apesar de demonstrar interesse no início, dizendo que se interessava pelo cérebro e não por contato sexual, após poucos dias de conversas, já demonstrou apenas interesse em sexo pela Internet. Dizia que não pediria fotos, porque, afinal, era um cavalheiro, mas que as aceitaria caso eu quisesse enviar. Não tinha nada de cavalheiro. Só queria assunto de conotação sexual mesmo. Depois de eu dizer que não aceitaria esse tipo de contato ou relacionamento, ele perdeu o interesse. O tipo de relacionamento que não me acrescentou nada além de experiência. Não foi dessa vez novamente.

Enfim, chegamos onde me encontro hoje: procurando a pessoa ideal.

Alguém pode pensar que sou muito exigente ou que tenho algum problema. É inevitável fazermos um juízo, mas já adianto que não tenho problema algum e que não pretendo nivelar minhas exigências por baixo para suprir a carência afetiva. Trabalhei longos anos de minha vida, estudei muito, tenho um ótimo nível cultural, sou bem resolvida financeira e emocionalmente. Não quero ser dependente de ninguém, mas também não aceitarei alguém que o queira. Estou em busca de uma relação madura, de parceria, com alguém que tenha o mesmo nível que eu ou superior, para que ambos possamos evoluir, num relacionamento saudável e que nos traga felicidade.

O tempo dirá se serei bem-sucedida nessas experiências. Ainda acredito que eu venha a encontrar minha cara-metade por lá, ou, ao menos, um parceiro compatível para viver bons momentos.

Não vou desistir. Ninguém disse que seria fácil.

Uma vez assisti a uma entrevista do tenista Guga, que falou que antes de receber um prêmio teve que amargar muitas derrotas – não com essas palavras. O fato é que, se considerarmos o nível de exigência na equação da busca por um(a) parceiro(a), temos de reconhecer que, quanto maior a nossa exigência, menos opções teremos para escolher. O importante é continuar tentando.

O APRENDIZADO
diferenças entre os diversos *sites* de relacionamento

Efetuei uma breve pesquisa na Internet para avaliar o que o mercado oferece e acabei descobrindo muitas opções além das que experimentei. Descobri que há *sites* de relacionamentos temáticos, *sites* para quem busca relacionamento com estrangeiros, mais direcionado a interações entre pessoas de países como Estados Unidos, Reino Unido, Canadá e Austrália, mas também há os que oferecem relacionamento com mulheres russas e com mulheres brasileiras, relacionamento entre pessoas cristãs, relacionamento discreto entre pessoas casadas, *sites* dedicados a pessoas com mais de 40 anos, com mais de 50 anos, *sites* de relacionamento para o público LGBTQ+, *sites* para pessoas com interesse em casamento, *site* para solteiros com filhos, bem como *site* dedicado a pessoas que não buscam apenas relacionamento amoroso, mas também amizades.

O *site* mais utilizado no mundo, segundo minhas pesquisas, é o Tinder. Eu baixei o aplicativo após começar a escrever este livro e confesso que achei muito divertido. Tratarei dele na sequência, mas adianto que considerei o *site* mais democrático de todos que visitei.

Experimentei diversos desses *sites* de relacionamento. Não realizei nenhuma pesquisa científica. Você pode pensar que não é lá uma grande experiência, pois os *sites* que visitei não devem ser de grande representação em relação ao todo existente, ainda assim resolvi compartilhar. Portanto, meus relatos serão limitados ao que vivi.

Minha experiência também foi limitada ao meu perfil de usuário, isto é, mulher, maior de 50 anos, buscando um relacionamento de longo prazo com um homem, no mínimo, com o mesmo nível social e cultural. Apesar disso, as minhas vivências foram muito ricas.

Vamos às experiências então!

Match LA

São praticamente os pioneiros na criação dos *sites* dedicados a facilitar o relacionamento amoroso. Originário de Los Angeles, mas é utilizado por pessoas de todo o território dos Estados Unidos.

Foi o primeiro *site* em que me inscrevi.

Lá descobri que o romance por Internet, nos Estados Unidos, é levado a sério. Os homens falam como acreditam que são e dizem o que esperam da sua mulher ideal.

Aprendi que os *sites* de relacionamento norte-americanos são bem detalhistas no que concerne a perfil dos assinantes. Há realmente um esforço para buscar a compatibilidade entre as pessoas que se inscrevem, porque lá é muito comum as pessoas se conhecerem por esses meios e há inúmeros casos de relacionamentos bem-sucedidos que ali se originaram.

A inscrição de um perfil lá passa pelo preenchimento de um questionário detalhado e disponibiliza um espaço para que você se descreva e do que você espera de um(a) parceiro(a).

Há necessidade de inscrição do código postal para acesso ao *site*, o que é novo. Quando me inscrevi não precisava, ao menos não me lembro disso. Isso vai oportunizar a escolha pela distância entre os assinantes. Se você colocar o de outro país, não lhe serão mostrados perfis em razão de ser um *site* destinado a residentes, preferencialmente, em Los Angeles e também em razão da distância – o máximo que você consegue colocar é mais de 500km, mas pressupõe-se que seja dentro do território americano.

Para que você tenha uma experiência completa, terá de pagar uma taxa, que varia entre mensal e semestral, que, como em todos os demais, dá desconto para assinaturas por prazos maiores. Caso você opte por não pagar, seu perfil estará disponível para que os outros vejam, mas você não conseguirá interagir com as outras pessoas. Não lerá as mensagens que lhe forem enviadas e não poderá respondê-las.

Embora eu tenha tido uma boa experiência com esse *site*, não recomendo seu uso para pessoas que não sejam residentes na Califórnia, pois há muita resistência dos homens em interagir com pessoas distantes; além disso, a maioria dos homens usa o recurso do *site* de relacionamento apenas como um primeiro contato e logo quer marcar um café ou um jantar para ver se rola uma química.

Entretanto, se você mora por lá, vá fundo! É um excelente *site* e tem muitas opções de contatos. Eu fui muito bem tratada por lá.

Pesquise, procure o melhor pra você e seja feliz, mas não esqueça de tomar todas as precauções, pois foi um dos *sites* em que mais encontrei perfis *fake*.

O Match Group congrega Match, OkCupid, Tinder, Meetic, Twoo, PlentyOfFish (POF), Our Time, Black People Meet e FriendScout24.

Match Latam – Par Perfeito – Our Time

É uma versão do MATCH LA adequada ao perfil latino-americano, no qual os passos são um pouco mais abreviados.

Embora existam aplicativos diferentes, os três *sites* pertencem à mesma empresa, pois conheci um dos homens com quem me relacionei inscrita no Match Latam enquanto meu parceiro estava inscrito no Par Perfeito. Depois soube que o *site* também é chamado de Our Time, não só no Brasil, mas também na Espanha.

Vou ser um pouco mais detalhada neste porque me parece um dos melhores em termos de quantidade de perfis e o melhor em termos de detalhes disponíveis para preenchimento. Além disso, em termos de custo-benefício, me pareceu bem razoável.

Você cria um *login* e terá espaço para criar um nome e inserir fotos.

O preenchimento está dividido em uma área sobre você e uma área sobre o seu par.

A área sobre você compreende seu nome (ou o nome que você criou para o *site*) e uma descrição de quem você é. Para essa descrição você terá um campo com 4.000 caracteres disponíveis.

Você também incluirá a sua cidade natal, seu trabalho, a empresa na qual você trabalha (se quiser).

Depois vem um campo para você preencher suas áreas de interesse, onde você seleciona suas opções de lazer, como leitura, acampar, jantar fora, cinema, fazer trilhas, museus, música, dentre diversas outras.

Você ainda pode preencher um campo chamado de "vamos tornar pessoal", que são tópicos para aprofundar seu perfil como "Boate ou noite em casa?", ou "eu nunca", ou ainda "principais coisas na minha lista de desejos" – que são campos abertos para que você inclua uma resposta com suas palavras.

Depois dessa área, vem a área para preenchimento dos dados básicos a seu respeito, quais sejam, seu gênero, qual é o gênero de seu interesse – nesse caso existem apenas dois campos (homem e mulher), o local próximo de onde você mora, altura, tipo físico (magro, na média, atlético, etc.) e estado civil.

Posteriormente está apresentada a etapa de preenchimento de dados gerais, que compreende a sua etnia, idiomas que você fala, religião e sua escolaridade.

A seguir você poderá preencher dados relativos ao seu estilo de vida, informando seus hábitos de fumo, bebida, prática de exercícios físicos, se tem filhos, se deseja ter filhos e relativos a animais de estimação.

Após preencher os campos referentes a você, você poderá definir parâmetros básicos e avançados de preferência para seu par, tais como a idade mínima e máxima, local de residência, estabelecendo um limite de distância (qual a distância máxima que você aceita entre você e seu par), bem como altura, tipo físico, estado civil, etnia, religião, escolaridade, idiomas, além dos relativos a estilo de vida, como hábitos de exercícios, fumo, bebida, se tem filhos, se quer filhos e relativo a animais de estimação.

É um *site*, como todos os outros, fácil de navegar para quem tem um conhecimento básico de utilização de Internet e aplicativos.

Depois de você efetuar sua inscrição, você pode optar por um plano pago ou não. Como todos os outros, se você não pagar, terá limitações de acesso. Você consegue ver os perfis dos outros usuários, mas não consegue ver quem curtiu o seu perfil, nem interagir.

O aplicativo, na versão paga, permite que você veja quem está *on-line*, quem visitou seu perfil, quem curtiu seu perfil, quem está por perto, e permite que você interaja com outros perfis, trocando mensagens de texto e até vídeo-chamadas.

A versão paga também lhe dá direito a um *boost*, que é um recurso que coloca você entre os *tops* do dia durante uma hora, isto é, permite que o seu perfil seja o mais visto durante uma hora. Você ainda pode pagar por um pacote adicional de *boost*.

Todo dia você terá a opção *descobrir* onde são mostrados perfis que deveriam estar enquadrados nos seus critérios de escolha, selecionados pelo aplicativo. São perfis limitados para que você selecione os que lhe agradam. Infelizmente, talvez por falta de opção suficiente, os perfis mostrados não estão enquadrados exclusivamente nos seus critérios de escolha. Em geral, a característica mais observada é a idade, mas escolaridade, por exemplo, em geral não é observada.

Ainda assim, pela minha experiência, é o *site* no Brasil que tem mais opções disponíveis para a minha faixa etária, que proporcione perfis mais detalhados. Além disso, garimpando bem, há boas opções de perfis disponíveis. Mas precisa garimpar.

Este aplicativo tem um bom sistema de segurança, mas ainda assim requer cuidados.

Você também pode enviar mensagens para os outros participantes sem a necessidade de que eles tenham curtido o seu perfil. Isso lhe dá um recurso a mais, o de conquistar um parceiro com um bom papo.

Uma experiência legal que tive com este *site* foi quando, ao encontrar um parceiro através dele, ambos decidimos sair do aplicativo e, ao cancelar, informamos que estávamos saindo porque havíamos encontrado um parceiro.

Eles, ao identificarem que o relacionamento teve a intermediação do Match Latam/Par Perfeito – nos pagaram um jantar de comemoração em um restaurante escolhido por nós dentre uma lista sugerida por eles. Foi um jantar bem gostoso. Adoramos!

O Match Group LatAm é um conglomerado dos grupos Par Perfeito, Our Time, Divino Amor, Match LatAm e Tinder.

Solteiros50

Como o nome diz, a ideia desse *site*/aplicativo é de aproximar um público selecionado de pessoas com mais de 50 anos de idade.

A concepção é boa, o *site* é bem detalhado quanto ao preenchimento, conforme demonstrarei a seguir e, além disso, o preço para utilização do *site* já seleciona um pouco melhor o público que o acessa. Este *site* cobra três vezes mais do que o Match Latam ou Par Perfeito.

Para inscrição no *site* você primeiramente cria um *login* com *e-mail* e senha e um nome de usuário, insere sua data de nascimento, seleciona uma região (Estado) e sub-região (cidade).

A seguir aparecem questões a serem respondidas, tais como:

- ☑ "É fácil escolher um parceiro?", para as quais são apresentadas duas alternativas – se você é intuitivo(a) ou ponderado(a);
- ☑ "O que mais lhe interessa ao escolher uma pessoa?" – detalhes sobre o trabalho ou sonhos e ambições?;
- ☑ "O que mais lhe interessa no parceiro?" – múltiplas escolhas, como determinado, carinhoso, sociável, descontraído, versátil, eloquente, egocêntrico, ligado à família, dentre outros;
- ☑ "Há características (dentre as que você não marcou) que você não consegue tolerar?" – aparecem algumas opções para você marcar, se quiser;

Depois surge um bloco de questões sobre você:

- ☑ "Como você expressa seus sentimentos?"
  - » por que esperar?
  - » sou mais discreto
  - » prefiro que meu parceiro dê o primeiro passo

A seguir descrevo as próximas perguntas na sequência exposta no *site*:

- ☑ "Você ouve conselhos de seus amigos e familiares quando deseja escolher um(a) parceiro(a)?"
  - » com certeza, gosto de falar sobre meu relacionamento com pessoas próximas a mim
  - » prefiro manter minha relação privada
- ☑ "Parece que você é cauteloso(a) na hora de confiar em alguém novo."
  - » sim, vou confiando aos poucos
  - » não, eu confio 100% desde o início
- ☑ "Quais características você diria ter? Tente ser honesto(a)
  - » Dentre muitas, aparecem as opções: sério, eloquente, dominante, romântico, descontraído, determinado, sensível
- ☑ "O que não te descreve?"

Dentre as opções não marcadas anteriormente você pode selecionar alguma(s).

Posteriormente seguem opções sobre o seu estilo de vida e aparência:

- ☑ cor de cabelo
- ☑ cor dos olhos
- ☑ altura
- ☑ tipo físico (normal, magro, uns quilinhos a mais, etc.
- ☑ hábitos de bebida e fumo
- ☑ filhos (se não tenho, se moro ou não com eles)

A seguir um bloco de questões sobre seu trabalho:

- ☑ grau de instrução (não contempla pós-graduação *latu sensu*);
- ☑ renda (você pode ou não responder – a informação que consta lá é de que sua renda não será mostrada a seus contatos);

Você então terá criado uma conta e poderá adicionar fotos a seu perfil. As fotos estarão sujeitas a aprovação.

Depois disso ainda aparecem outras opções para complementar o seu perfil.

Surge uma caixa de diálogo sugerindo a inclusão de frases pré-elaboradas para quebrar o gelo num primeiro contato com alguém por quem você se interesse, ou alguém que se interessou pelo seu perfil poderá responder à sua frase selecionada.

Após o preenchimento, o *site* envia um *e-mail* de confirmação para a sua caixa postal, para que você confirme a sua adesão.

Há ainda campos para preencher com seus gostos por comidas, se você gosta de cozinhar, seu gosto musical, seu gosto por viagens, etc.

Posteriormente, lhe oferecem o pacote *premium*, que dá direito a interagir com os demais perfis. Se você não contratar o pacote *premium*, aparecem sugestões de contatos, mas você não consegue ver as fotos, nem ler ou enviar mensagens aos seus pares.

Um diferencial é que, quando aparece uma sugestão de parceiro, você pode consultar um gráfico de compatibilidade. Esta opção é para quem paga pelo aplicativo.

O *site* é bem pensado, existe um esforço para selecionar o perfil mais aproximado do seu. O preenchimento é detalhado e há uma busca por compatibilidade, mas há poucas pessoas registradas e, possivelmente por essa razão, os perfis sugeridos não são compatíveis com as expectativas que indicamos em relação aos pares.

Talvez a maioria dos usuários de *sites* de relacionamentos estejam concentrados nos maiores e essa capilaridade prejudique o sucesso desses *sites* que buscam uma segmentação.

Amor e classe

A ideia do *site* é que você encontre homens e mulheres com um nível educacional, cultural, intelectual e econômico um pouco mais selecionado e que estejam buscando um relacionamento estável e duradouro, mas não corresponde exatamente à realidade.

A ideia por trás do *site* é muito boa, mas esse tipo de chamada acaba atraindo todo tipo de perfil, em especial os de pessoas que buscam provedores.

É o mesmo do Solteiro50. Os perfis são compartilhados entre os dois *sites*. Por essa razão, não tratarei de detalhes sobre inclusão de perfis.

Conforme já tratado, há uma limitação de usuários registrados nesses *sites* para o perfil da proposta.

Como a proposta do *site* é selecionar melhor os usuários e, tendo em vista que há uma redução considerável no número de inscritos, talvez fosse uma boa estratégia fazer uma seleção criteriosa dos perfis cadastrados. Não seria muito difícil, mas certamente impactaria no valor da inscrição, pois demandaria uma intervenção humana na seleção.

Happn

Site com uma apresentação mais descontraída e informal, que identifica os inscritos que estão nas proximidades, avisando onde você cruzou com aquela pessoa.

Conheço pessoas que só usam este aplicativo e encontraram *crushs* – maneira como são chamados os pares cujos perfis coincidem e se curtem reciprocamente. Não sei, entretanto, se essas pessoas chegaram a estabelecer relacionamento duradouro com outros usuários do aplicativo.

Para inscrever-se você pode fazer um cadastro com a conta do Google, do Facebook, ou com o seu número de telefone.

Você terá de autorizar acesso à sua localização para uso do *app* selecionando a opção "permitir durante o uso do *app*". Essa localização não é precisa; apenas dá uma ideia de quem está ou esteve nas proximidades da sua localização.

As informações a serem preenchidas são:

- ☑ Seu gênero;
- ☑ Idade;
- ☑ Emprego e estudos
  - » cargo;
  - » empresa;
  - » escola/universidade;
- ☑ Informações a seu respeito
  - » que tipo de relação você busca no *app* (um relacionamento sério / nada muito sério / nada específico);
  - » altura;
  - » esporte (peso pena / da galera da aeróbica / viciada em esporte);

- » culinária (mestre do micro-ondas / rainha do *delivery* / tenho minhas receitas / MasterChef);
- » viagens (caminhada e mochila / piscina e protetor solar / cultura e cartão postal);
- » balada (cama antes da meia-noite / com moderação / a noite é uma criança);
- » cigarro (eu fumo e pronto / não curto, mas tudo bem / tolerância zero);
- » filhos (os meus são ótimos / já tenho, mas quero mais / eu quero, valeu / não obrigada);

☑ Sobre mim
- » Campo aberto para você se descrever. Há muito espaço, mas não informa o número de caracteres.
- » Você pode, ainda, sincronizar com suas fotos do Instagram, fazer uma seleção de músicas no Spotify.

Depois de você preencher seu perfil, você tem as opções de:

☑ escolher suas preferências, isto é, quem você quer que seja selecionado caso cruze seu caminho;
☑ seus favoritos;
☑ convidar amigos.

Para definir suas preferências, você selecionará:

☑ gênero (homens ou mulheres);
☑ faixa etária (mínima e máxima);
☑ critérios específicos, como tipo de relação, altura, opção por balada, fumo e filhos – tal qual você selecionou para você.

Você, ainda, tem a opção de ficar invisível por períodos programados, por ocultar a idade, o *status on-line* ou ocultar a distância e ainda poderá optar por compartilhar os locais onde os caminhos se cruzaram com eventuais *crushs*.

Após preencher esses dados, você estará pronto para usar o *app*.

Não tenho muitas críticas a fazer sobre este aplicativo. Apenas não foi o que mais me agradou.

Meetic – Espanha

Braço da Match na Espanha, é um aplicativo bem detalhado, que permite aprimorar as pesquisas de acordo com o perfil desejado.

Para fazer a sua inscrição nesse *site* – e você terá de fazer no *site*, porque não há possibilidade de baixar esse aplicativo no Brasil –, você terá de seguir diversos passos, conforme descreverei abaixo.

Após você escolher o seu nome de usuário e informar a sua cidade de localização, que, para você interagir com espanhóis, terá de ser uma cidade da Espanha, você fará a escolha de seu sexo e o sexo do seu parceiro ideal, com as opções homem e mulher.

Você terá diversas escolhas de coisas que gosta de fazer, como teatro, exposições/museus, *camping*, sair com amigos, jantar fora, *happy hour*, músicas (especificando o tipo de música que você gosta com múltiplas escolhas).

A lista ainda lhe permite optar por temas como carros e motos, ciência e ficção, tipos de esportes, viagens, jardinagem, etc.

Você também terá um campo para se descrever com 2.000 caracteres, o qual você pode alterar a qualquer tempo. Esse campo será submetido à análise pelo aplicativo, como em qualquer outro.

Posteriormente surgirá o campo para você responder a perguntas objetivas sobre a sua personalidade, tais como:

1. Relação desejada:
    » uma relação séria;
    » conhecer gente nova;

» ainda não sei;
   » prefiro não dizer.
2. Traço de caráter:
   » tranquilo(a);
   » atento(a);
   » bem-humorado(a);
   » conciliador(a);
   » generoso(a);
   » reservado(a);
   » sensível;
   » sociável;
   » tímido(a);
   » tranquilo(a);
   » exigente.
3. Romântico:
   » muito romântico;
   » bastante romântico;
   » pouco romântico;
   » nada romântico;
4. Creio que o casamento é:
   » sagrado;
   » importante;
   » não é indispensável;
   » não me interessa;
   » prefiro não dizer.
5. Desejo ter filhos:
   » quero ter filhos;
   » ainda não sei;
   » não quero ter filhos;
   » prefiro não dizer.

6. Minha nacionalidade: escolha dentre todas as do mundo.

O bloco a seguir diz respeito aos seus aspectos físicos e compreende:

1. Altura
2. Compleição física
    » normal;
    » esportiva;
    » magra;
    » alguns quilos a mais;
    » corpulenta;
    » robusta;
    » prefiro não dizer
3. Meu rasgo mais atrativo
    » meus olhos;
    » meu sorriso;
    » meu traseiro;
    » minhas mãos;
    » minha boca;
    » minhas curvas;
    » minhas pernas;
    » meu cabelo;
    » meu peito;
    » meu nariz;
    » o mais bonito não está na lista.
4. Meu estilo:
    » mauricinho/patricinha;
    » na moda;

» negócios;
» clássico;
» despreocupado;
» *rock*;
» esportivo;
» outro

5. Fisicamente sou:
   » muito agradável aos olhos;
   » bastante agradável aos olhos;
   » na média;
   » deixo ao seu critério;
   » físico realmente importa?
   » prefiro não dizer
6. Minha origem: campo dedicado a você informar se é latino(a), europeu(eia), etc.
7. Meus olhos: cor dos olhos
8. Meu cabelo: cor do cabelo
9. Cumprimento do cabelo
10. Meu peso

A seguir você preencherá os campos a respeito de seu estilo de vida, que incluem:

1. Estado civil
2. Tabaco – se você fuma ou não e com que habitualidade, com a possibilidade de informar que você está tentando deixar de fumar.
3. Filhos – se você tem ou não, se moram com você ou não.

4. Vivo – se você mora só, com a companhia de seus filhos, se vive em piso compartilhado, dentre outras opções.
5. Minha profissão
6. Minha religião
7. Meu nível de prática de religião
8. Como – tipo de comida de sua preferência, com diversas opções, inclusive que você come de tudo
9. Os animais que me acompanham
10. Falo – idiomas que você fala
11. Meu nível de estudos
12. Meus ingressos – sua remuneração – que não irá aparecer, mas pode servir para balizar suas escolhas e da pessoa, em tese, compatível.

Além dessas informações, há ainda a possibilidade de informar, logo de entrada, uma pequena imperfeição, dentre as a seguir:

- ☑ sou tímido(a);
- ☑ sempre chego tarde;
- ☑ posso ser atrapalhado(a);
- ☑ sou sensível;
- ☑ sou indeciso(a);
- ☑ sou desorganizado(a);
- ☑ posso ser indeciso(a);
- ☑ posso ser impaciente; etc.

Este aplicativo disponibiliza a ferramenta carrossel, que mostra diariamente 100 perfis compatíveis e dificilmente surge algum fora dos parâmetros que você selecionou, mas, se você quiser ver mais, pode acionar o botão de busca e seguir explorando suas possibilidades.

Como dito antes, é um aplicativo exclusivo para a Espanha; portanto, se você optar por usá-lo, terá de ter em mente as diferenças culturais e estar aberto(a) a novas experiências.

eHarmony

O eHarmony é um *site* de relacionamento temático, dedicado a relacionamentos entre estrangeiros, mais especificamente pessoas oriundas de Estados Unidos, Reino Unido e Austrália.

Permite ingresso com cadastro, com uso do Facebook e com o *login* da Apple.

Se você optar por fazer o *login* com o Facebook, aparecerá uma mensagem solicitando acesso ao seu nome, foto de perfil e endereço de *e-mail* constantes no Facebook, mas já informa que autorizar esse acesso não permite que o aplicativo faça publicações no Facebook.

Este é mais um dos aplicativos que não permitem que você veja fotos ou troque mensagens sem pagamento e é um dos aplicativos mais caros do mercado; consequentemente, seleciona melhor o público.

Para fazer inscrição neste *site*, você precisará se comunicar em inglês.

Tal como nos outros aplicativos, você escolherá um nome de usuário, incluirá sua idade e localização.

Você terá um campo amplo para se descrever, fazer uma espécie de apresentação pessoal e depois preencher os campos que dizem respeito a:

- ☑ localização;
- ☑ ocupação;
- ☑ tipo físico;
- ☑ etnia;
- ☑ nível de escolaridade;
- ☑ curso universitário;

- ☑ idiomas que você fala;
- ☑ hábito de fumo;
- ☑ hábito de ingestão de bebida alcoólica;
- ☑ habitualidade de prática de exercícios físicos;
- ☑ animais de estimação;
- ☑ estado civil;
- ☑ se tem filhos e se moram com você;
- ☑ se deseja ter filhos;
- ☑ religião;
- ☑ orientação política.

Após essas respostas, que são de múltipla escolha, você terá algumas perguntas para responder com respostas curtas a seu respeito, tais como:

- ☑ há cinco anos...
- ☑ se eu estou de mau humor...
- ☑ algo que sempre me faz rir...
- ☑ como eu queria...
- ☑ quando eu era criança, eu acreditava que...
- ☑ eu realmente gostaria de conhecer pessoalmente...
- ☑ um hábito estranho meu...
- ☑ a única coisa que sempre vai me animar...
- ☑ eu nunca...
- ☑ se eu precisar de conselho, eu chamaria...
- ☑ um dia perfeito para mim...
- ☑ minha história de viagem mais inesquecível...
- ☑ meu lugar feliz...

- ☑ eu deveria fazer mais disso...
- ☑ meus melhores atributos...
- ☑ eu descreveria minha aparência assim...
- ☑ meu primeiro encontro ideal...
- ☑ uma coisa que eu gostaria que as pessoas percebessem em mim....
- ☑ a primeira coisa que as pessoas percebem em mim...
- ☑ a pessoa que mais influenciou minha vida...
- ☑ a coisa mais importante que eu procuro em uma pessoa...
- ☑ eu uso meu tempo livre...
- ☑ sou apaixonado(a) por...
- ☑ coisas sem as quais não posso viver...
- ☑ coisas pelas quais sou grato(a)...

Após esse bloco, vem o bloco a respeito de entretenimento, com diversas escolhas para escrever, sem limite:

- ☑ programas de TV e filmes favoritos;
- ☑ música – estilos musicais;
- ☑ livros favoritos.

Bloco a respeito do estilo de vida – para selecionar dentre as opções disponíveis:

- ☑ interesses e *hobbies* (ouvir música, assistir a TV, navegar na Internet, conhecer pessoas, etc.);
- ☑ esportes (de boliche a golfe);
- ☑ gastronomia (tipos de comida que você gosta – você pode não especificar, se quiser);

- ☑ viagem (tipo de viagem, montanhas, fins de semana para relaxar, cruzeiros, etc.);
- ☑ caráter e traços (amigável, inteligente, organizado, etc.).

Depois de preencher esses dados, basta adicionar as fotos, selecionar a opção de pagamento (recomendável) e começar a interagir.

O interessante deste *site* é a possibilidade de interagir com pessoas dos outros países. Se você mora em um deles ou pretende se mudar para lá, pode ser divertido ampliar as suas possibilidades.

Não custa tentar! Bem... na verdade, custa. Mas talvez a experiência compense o investimento.

Inner Circle

Outro aplicativo com a proposta de "limitar os usuários selecionados cuidadosamente dentre os interessados em uma conexão genuína", conforme se descrevem.

Utilizei este aplicativo por um período curto, pois me pareceu com pouquíssima oferta de perfis para os meus critérios de seleção.

O preenchimento dos campos é padrão e a inscrição pode ser feita pelo *login* do Facebook ou do LinkedIn – exclusivamente.

Não me parece recomendável utilizar este último, uma vez que se trata de aplicativo destinado a relacionamento profissional e, na minha percepção, não convém misturar relacionamento profissional com o pessoal, mas cada um faz suas escolhas; portanto, se você não vê problema nisso, vá em frente!

O perfil começa com a data de nascimento e o nome, fotos, depois abre-se um campo para uma pergunta quebra-gelo a ser selecionada dentre as disponíveis e, posteriormente, o campo aberto "sobre mim", para você se descrever com suas palavras.

Depois surge o bloco trabalho e educação, no qual você preenche os campos profissão, grau de instrução, dentre os disponíveis, universidade ou escola que frequentou e curso – tudo por múltipla escolha.

A seguir vem o bloco sobre suas informações básicas, compreendido por:

- ☑ data de nascimento;
- ☑ cidade natal;

- ☑ nacionalidade;
- ☑ altura;
- ☑ se é fumante;
- ☑ se tem filhos;
- ☑ se é mulher ou homem; e
- ☑ se está vacinado ou não contra COVID-19.

Posteriormente, surgem três campos com as seguintes perguntas para você responder com suas palavras:

- ☑ minhas cidades favoritas;
- ☑ o melhor lugar para ir;
- ☑ meus *hobbies*.

Depois surge o campo "Quem topa", onde você pode sugerir locais para se encontrar com os demais inscritos.

O aplicativo possibilita, ainda, o compartilhamento de suas fotos do Instagram.

Há, por último, no seu perfil, a possibilidade de você selecionar, dentre sugestões de passatempos do *app*, "Mais sobre você".

Você ainda pode selecionar lugar que já visitou para que sejam mostrados no seu perfil.

É o aplicativo no qual o seu perfil fica mais bonito de visualizar. Está muito bem desenhado.

A dificuldade que vi neste aplicativo é que os perfis mostrados não condizem com os perfis desejados. Me foi muito difícil encontrar perfil compatível.

Tinder

O aplicativo com fama de ser "só pra azaração", mas sinto decepcionar a quem tem essa impressão. O *app* é muito bom! Claro! Tudo é uma questão de experiência.

Como disse anteriormente, considero o *site* mais democrático e descolado que encontrei, portanto, tem de tudo, inclusive azaração. Mas há muita gente por lá procurando relacionamento sério também.

Assim como os outros, pode ser acessado pela Internet ou por aplicativo.

É o único que encontrei que abre a possibilidade para orientação sexual diferente da opção simples homem/mulher.

Também é de fácil acesso, podendo ser incluído cadastro pelo Facebook, com o detalhe de que não haverá notificação no Face que mostre que você está usando o Tinder. É apenas uma opção para facilitar o preenchimento.

São poucos passos para inclusão de perfil e, por conseguinte, permite que você detalhe, dentre suas preferências em relação ao que você procura no aplicativo, exclusivamente distância, orientação sexual, idade e se você adere à opção internacional ou apenas nacional.

Com relação às demais características, você pode acionar a opção de "Mostrar apenas pessoas nesta faixa" (de idade). A vantagem é que, apesar da limitação de escolhas, o aplicativo direciona perfis compatíveis quando mostra os disponíveis para seu perfil desejado.

O aplicativo é bem restrito em termos de campos para inclusão de suas características e dos perfis com os quais você deseja interagir, por exemplo, áreas de interesse – você só pode escolher cinco e o número de caracteres para você se descrever e aproveitar para dar uma pinceladinha sobre o que você espera de um(a) parceiro(a) é de 300 caracteres. Portanto, se você optar por escolher este aplicativo, pense bem no que você vai escolher e escrever.

O ponto mais positivo é que, sem dúvida, é o *app* com maior quantidade de perfis disponíveis dentre os que analisei, o que traz o contraponto na balança: tem de tudo ali. Você terá de garimpar. Mas isso garante um bom tempo de diversão, caso você esteja disponível. Não posso negar que é divertido ler o que as pessoas escrevem, embora com o uso de poucas palavras. Divertido e interessante. E o mais legal: os perfis não esgotam nunca.

Outra característica interessante deste aplicativo é que o Tinder tem uma função muito legal no que diz respeito à possibilidade de seleção do modo internacional. Você pode mudar as suas opções de país a qualquer tempo e, quando o fizer, seu perfil será mostrado no país selecionado e você poderá garimpar e interagir por lá. Caso você queira retornar para a sua região, é só selecionar a opção correspondente. Isso é possível alterando-se as configurações do *app* – na engrenagem.

Conheci muita gente legal em outros países com essa possibilidade.

Também permite criar perfil sem custo, mas, assim como os demais, a interação não é completa nessa modalidade.

Se você não quiser investir nisso, pode optar por fazer como diversas pessoas: insira na sua descrição seu número de WhatsApp.

Há um truquezinho para interagir na versão gratuita do Tinder. Como você consegue visualizar e curtir perfis, e lhe são disponibilizados diversos perfis para análise diariamente, preste atenção no segundo perfil oferecido no dia. O segundo perfil que aparece para você todo dia é de alguém que te curtiu. Nesse caso, se você gostar do perfil e curtir, vocês conseguirão interagir.

De qualquer forma, é só uma chance e eu não recomendo a opção gratuita em razão da segurança que os aplicativos e *sites* oferecem.

Além disso, você terá uma experiência muito mais rica se puder ver quem te curtiu e usufruir dos demais benefícios que o aplicativo oferece.

Mas também posso garantir que é possível dar *match* na versão gratuita.

O preenchimento do perfil é bem reduzido, começando pela escolha do nome, data de aniversário, se você é mulher, homem ou outra opção adicional disponível para escolha, orientação sexual – desde heterossexual a questionando, depois o perfil que você busca como compatível – se homens, mulheres ou todos.

Depois você pode preencher com o nome de sua universidade, áreas de interesse com múltiplas escolhas – de esportes, *pets*, músicas, dentre outras opções de lazer.

Você terá, então um campo limitado para preenchimento com uma breve descrição e/ou o que você busca em um(a) parceiro(a).

Depois de preencher esses poucos campos você pode começar a se divertir com o aplicativo.

Um diferencial na navegação pelo Tinder é que você só consegue trocar mensagens se tiver dado *match*, o que significa dizer que ambos se curtiram no aplicativo. Se isso é bom ou ruim, você é quem vai avaliar.

O QUE HÁ DE COMUM NOS *SITES* DE RELACIONAMENTO

Todos os *sites* de relacionamento analisam o que será escrito nos perfis e as fotos a serem postadas. Tudo é submetido a uma prévia aprovação. A diferença é que alguns fazem essa análise mais pormenorizada. Por exemplo, no Meetic, postei uma foto minha lendo um livro, que não foi aprovada, provavelmente porque a página estava aberta e o texto estava visível. Imagino que tenha sido reprovada em razão de direitos autorais ou para não fazer propaganda. Os administradores não justificaram a reprovação.

Todos orientam a ter cuidados com a possibilidade de golpes e dão dicas a esse respeito, o que demonstra que o controle não é suficientemente eficaz e que os *sites* têm conhecimento de que são instrumento para a prática de golpes. É necessário aprimorar a segurança. Um simples controle de acesso por identificação facial já ajudaria nesse sentido e não seria tão difícil de ser implementado – já fiz essa sugestão ao Match.

Uma vantagem comum é que as conversas e interações realizadas nos *sites* ficam registradas, e imagino que eventualmente sejam utilizadas para fazer provas em suspeitas de crimes, caso sejam demandadas pela Justiça.

Também há filtros em relação a vocabulário. Uma vez recebi um questionamento de um dos aplicativos a respeito da linguagem utilizada por um usuário que me mandou uma mensagem. O aplicativo informou ter indício de linguagem imprópria na mensagem que me foi enviada e perguntou-me se eu confirmava. Como não identifiquei nada inapropriado, respondi com essa informação.

Essa experiência demonstrou que os controles devem ser efetuados por robôs e que os *sites* preservam a privacidade das conversas.

Nesse mesmo aplicativo, denunciei uma abordagem inadequada por parte de um outro usuário. Após efetuar a denúncia, recebi um *e-mail* do aplicativo informando que a denúncia havia sido encaminhada para a área responsável pela análise e que seria avaliada e que o posterior retorno do resultado me seria comunicado. Já faz meses que fiz a denúncia e não recebi retorno até o momento.

Quase todos os *sites* ocultam fotos e perfis caso você não seja um assinante, o que significa que, se você quiser uma experiência completa, terá de investir, mas é importante destacar que a renovação é feita automaticamente, pois os *sites* aceitam apenas pagamento por cartão de crédito. Por isso, convém lembrar que antes de excluir o perfil, é necessário cancelar a renovação e a programação de débito no cartão.

Todos os *sites* e aplicativos que experimentei apresentaram perfis falsos; todos apresentaram perfis incompatíveis com minhas seleções de preferência, todos apresentaram perfis variados, dos mais completos e detalhados aos mais sucintos, sem fotos e, até mesmo, sem nada que estimule um contato. Você certamente não quer que o seu seja um desses, não é?

Também encontrei poesias, perfis de pessoas com as quais eu provavelmente gostaria de passar horas conversando, pessoas espiritualizadas, atléticas, aventureiras, simpáticas, sem noção, casados, solteiros, pessoas interessadas em diversão, em azaração, em relacionamento sério, pessoas que curtem seu perfil e não interagem, pessoas às quais você envia uma mensagem e não respondem, enfim como em todo lugar onde transitam muitas pessoas, há de tudo.

A questão é fazer o melhor para garimpar e preencher o perfil da forma mais completa possível, para possibilitar que você interaja com a pessoa o mais próximo possível do que você procura.

Apesar de eu ter visto muitos perfis incompatíveis com a minha busca, conheci várias pessoas muito próximas do que eu procurava, pessoas boas, honestas, com bom nível cultural, com as quais conversei muito sobre os mais diversos assuntos. Isso tornou meus dias e algumas noites muito mais agradáveis. Afinal, conhecer pessoas diferentes é uma experiência que nos enriquece muito.

DIFERENÇAS CULTURAIS NOS *SITES* DE RELACIONAMENTO

As diferenças culturais não dizem respeito direta e especificamente aos *sites* de relacionamento. Decorrem da cultura dos povos, mas são perceptíveis nos *sites* de relacionamento e são importantes para usuários que desejam tentar utilizar essas ferramentas para experimentar novas culturas.

Em todas as culturas há pessoas mais ou menos objetivas, pessoas negativas, positivas, românticas, enfim, até pessoas agressivas. Os traços de caráter não mudam muito, mas há diferenças culturais que são observáveis nos *sites* de relacionamentos de outros países em relação aos disponíveis no Brasil.

Mesmo internamente, no Brasil, vemos diferenças culturais inerentes a cada região do país. O gaúcho, por exemplo, é um pouco mais objetivo e frio nos relacionamentos. Claro que nem todo gaúcho é assim, mas pode-se afirmar com tranquilidade que é uma característica regional.

Já nos *sites* existentes em outros países, como Espanha, por exemplo, a maioria dos homens fazem contato com a intenção de encontrar-se o mais brevemente possível com a parceira escolhida. O homem espanhol é direto, gosta de elogiar a mulher – muito provavelmente o primeiro contato será com a expressão de um elogio. Isso faz parte da forma de o homem espanhol começar uma interação. Por outro lado, também foi onde encontrei os perfis mais impacientes e até rudes. Portanto, esteja preparado(a) para essa gangorra de emoções. Uma coisa é certa: na Espanha há emoções!

Os americanos são muito gentis e educados e não muito formais. Acessei o primeiro *site* pensando que encontraria muito preconceito e me surpreendi em perceber que o preconceito está mais na nossa cabeça do que no comportamento das pessoas com as quais interagi. Fui muito bem tratada pelos americanos.

O homem inglês é mais sério e formal. Receoso no contato. Objetivo. Esse homem costuma ler o perfil e, quando interage, já faz menção ou pede esclarecimento a respeito do que leu no seu perfil, sobre a sua localidade, enfim. Esse homem tem um olhar mais atento a detalhes.

Se você fizer contato com um inglês, tomando a iniciativa da interação, provavelmente ele irá responder, mesmo que meramente por educação. Isso não significa que ele esteja interessado em você.

O mesmo acontece em relação ao espanhol. Se você tomar a iniciativa, ele, provavelmente a maioria deles será educada, conversará um pouco. Talvez até satisfaça alguma curiosidade. Pode ser que você parta para um relacionamento a partir daí? Quem sabe. Cada um pode trilhar um caminho diferente.

A diferença básica do brasileiro para as outras culturas é a informalidade e o acolhimento. O brasileiro é um povo acolhedor e que tem o dom de fazer com que as pessoas se sintam à vontade, mesmo que por meio eletrônico, mas não se engane: há gente agressiva e rude no Brasil também.

O brasileiro escreve muito pouco nos seus perfis nos *sites* e *apps* de relacionamento, mas, após um primeiro contato, ele costuma escrever mais, desde que incentivado a fazê-lo, enquanto que, não raro, o estrangeiro escreve longos textos de apresentação de perfil, deixando o caminho trilhado para desenvolver um diálogo a partir dali.

Outra característica diferenciada dos perfis estrangeiros, mais especificamente americanos e ingleses, é que a maioria dos homens posta muitas fotos e descreve-se como praticante de diversas modalidades esportivas. O homem brasileiro não pratica esportes com a mesma intensidade, de uma maneira geral.

Apesar das diferenças culturais, algumas interações tendem a se repetir; por exemplo, pessoas que entram no aplicativo e só dizem *oi* e depois não interagem mais, pessoas que curtem o seu perfil e não interagem.

Enfim, as experiências são muito ricas. Vale a pena se aventurar.

PERFIS NOS *SITES* DE RELACIONAMENTO:
acertos e erros

Independentemente do país ou da cultura, há muitas pessoas que inscrevem perfis nada atrativos e até inadequados, o que pode gerar frustração e insatisfação e, por sua vez, impactar na autoestima em razão do insucesso com a experiência.

Eu levei um tempo até desenvolver um perfil que estimulasse a leitura do que escrevo e atraísse olhares pelas fotos que postei.

Comecei com um perfil sem fotos, com medo de me expor, com poucas palavras, depois com palavras em demasia, com informações que atraíram perfis indesejados, como o de golpistas.

Hoje posso dizer que o meu perfil atrai pessoas mais próximas do que realmente desejo. Certamente sempre haverá perfis inadequados, mas percebo uma maior assertividade no meu perfil atual.

Um fator de impacto na criação de perfil é o fato de que as pessoas, de uma maneira geral, tendem a agir de forma diferente quando estão nas redes sociais. Muito comumente vejo amigos que, pessoalmente, são gentis e educados, mas se tornam agressivos e até grosseiros quando interagem nas redes sociais. Será que se revelam nessas interações, ou será apenas falta de habilidade de comunicação?

Isso, por vezes, embora as pessoas estejam procurando fazer amizades ou encontrar um par, se reproduz nos *sites* de relacionamento. Alguns perfis chegam a ser agressivos na sua descrição e até no *chat*; por essa razão, precisamos trabalhar nos perfis. O que pode ser adequado e o que pode ser inadequado na criação de um perfil?

Por outro lado, estar atento a esses detalhes pode lhe ajudar na seleção de um perfil que esteja mais próximo do que você procura em um(a) parceiro(a). Se você não quer conviver com uma pessoa agressiva, preste atenção ao que os seus interlocutores escrevem.

Eis aí outra grande vantagem dos *sites* de relacionamento.

Exemplos de perfis inadequados

Conforme dito anteriormente, em todos os *sites* de relacionamento há as pessoas agressivas, sem noção, introvertidas, enfim gente de todo tipo. Isso fica claro nas mensagens escritas em seus perfis, que, ao invés de atrair, acabam por produzir o efeito contrário. Quando me deparava com esses perfis, era inevitável pensar que aquela pessoa estava desperdiçando uma ótima oportunidade de interação, além de gastar dinheiro em algo que poderia resultar em insucesso.

Por essa razão, compilei alguns registros que transcrevo abaixo juntamente com o que entendo ser uma boa oportunidade de melhorar, quando possível.

Seguem alguns exemplos:

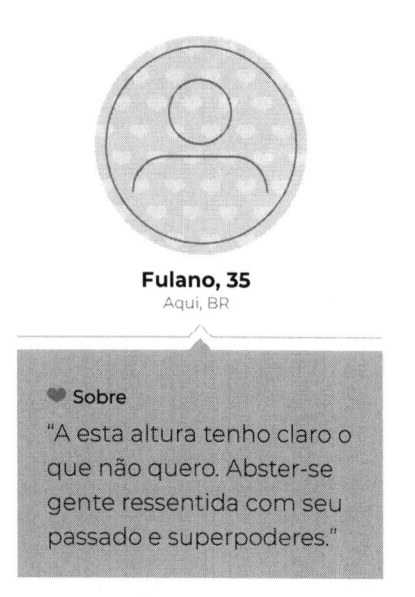

Fulano, 35
Aqui, BR

♥ Sobre
"A esta altura tenho claro o que não quero. Abster-se gente ressentida com seu passado e superpoderes."

Este é um exemplo de perda de oportunidade. Ao invés de dizer o que ele procurava, apenas informou o que não queria. A percepção que se tem ao ler essa mensagem é de tratar-se de uma pessoa amarga, que já teve relacionamento com alguém, que sofria em consequência do passado e até de insensibilidade.

Como poderia ter sido transmitida a mesma mensagem de forma positiva e acolhedora? Sou uma pessoa bem resolvida em relação às minhas escolhas; portanto, se você for uma pessoa com foco no futuro, creio que podemos descobrir se somos compatíveis para, a partir daí, buscarmos uma evolução em conjunto. Ou ainda: gostaria de encontrar uma pessoa que foque no futuro, para construir novas experiências.

Outro exemplo:

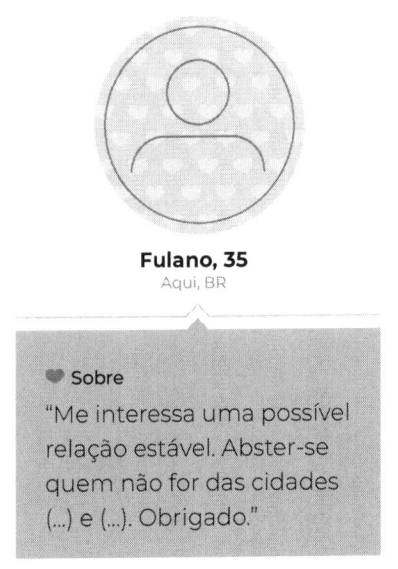

Fulano, 35
Aqui, BR

♥ Sobre
"Me interessa uma possível relação estável. Abster-se quem não for das cidades (...) e (...). Obrigado."

Esta pessoa, infelizmente, não aproveitou a oportunidade para falar de si. A única informação apresentada foi a preferência por localização da parceira.
Como poderia ficar melhor?

Primeiramente, descrevendo-se um pouco. Você precisa ter algo a oferecer. Em relação ao segundo trecho, poderia ser dito "gosto de proximidade, portanto prefiro perfis de pessoas que residam em tais e tais locais". Claro que localização pode ser importante; entretanto, o mais importante é descrever o que se procura de características na parceira.

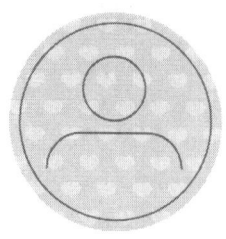

Fulano, 35
Aqui, BR

♥ Sobre

"Homem normal, agradável, culto, educado, empático. Gostaria de encontrar alguém especial."

O que será especial? Essa é a pergunta que fica. Aqui seria necessário detalhar o que se busca na pessoa com expressões perceptíveis, como simpática, amorosa, atenciosa, amável, educada, culta, etc.

Fulano, 35
Aqui, BR

♥ Sobre

"Just me."

Significa "simplesmente eu". Ok... isso deveria dizer tudo, mas não diz absolutamente nada. É uma pessoa de poucas palavras ou uma pessoa que não quer se deixar conhecer? Talvez seja uma pessoa que não gosta de escrever e prefere conversar pessoalmente, mas com tantos perfis disponíveis nos *sites*, será que vale a pena investigar? É possível que sim, mas dará mais trabalho. É provável que as pessoas prefiram explorar perfis com um pouco mais de informação.

Fulano, 35
Aqui, BR

♥ Sobre

"Tranquilo e sossegado 99, sair para tomar um vermute ou uma cerveja de vez em quando 9, alguma festinha com dança 99, petiscar com um vinho 99. As que compartam dos mesmos prazeres, façam contato. Beijos a todas!!"

Neste caso inseri somente números 9, mas era uma forma de driblar o controle do *site*, porque cuidam para que as pessoas não coloquem número de telefone, e foi o que a pessoa fez. Esse é um truque que alguns adotam para não pagar o *site*. Assim, os demais podem olhar o perfil e fazer contato se tiverem interesse, mas ele não poderá ver fotos nem mensagens para responder.

Eu nunca respondi a esse tipo de perfil. Prefiro interagir um pouco mais antes de trocar mensagens por outros aplicativos, até em razão da segurança oferecida pelos *sites* de relacionamento.

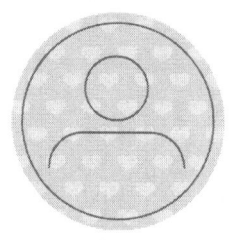

Fulano, 35
Aqui, BR

💜 Sobre
"[...] só leio as primeiras palavras."

A pessoa não está disposta a ler? Não quer saber o que o outro tem a dizer?

Aqui parece que o pretendente quer determinar como deve ser o comportamento alheio ao preencher o perfil nos *sites*. Não parece ser razoável esperar que alguém altere seu perfil para agradá-lo.

Fulano, 35
Aqui, BR

💜 Sobre
"Não busco rolos de uma noite, não tenho idade, me considero bastante maduro para perder tempo com bobagens; respeito muito as mulheres."

Eis outro exemplo de perda de tempo com o que não se quer. Por ironia, ele disse que não quer perder tempo.

Por trás dessa mensagem há alguém que busca um relacionamento sério. Seria mais interessante que a forma de dizer isso fosse utilizando linguagem direta para maximizar o uso do tempo.

Esta mensagem ficaria melhor assim: Sou uma pessoa madura, que respeita as mulheres, e estou em busca de um relacionamento sério. Mais curto, menos agressivo e transmite a mesma mensagem.

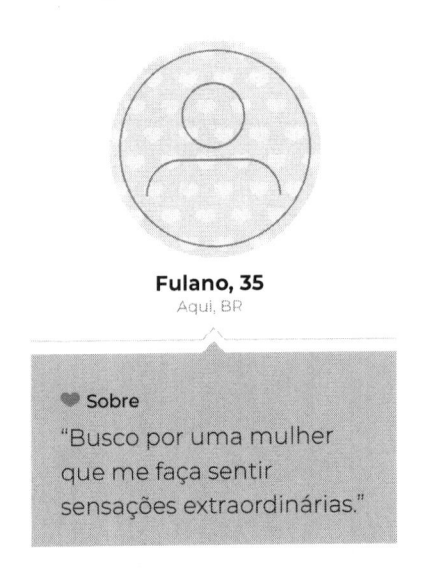

Fulano, 35
Aqui, BR

♥ Sobre

"Busco por uma mulher que me faça sentir sensações extraordinárias."

Fico imaginando que sensações extraordinárias são essas...

Esta mensagem não é objetiva e não permite compreensão por parte do interlocutor. Extraordinário é um termo que permite múltiplas interpretações. Eu posso pensar que essa pessoa está à procura de uma parceira que cozinhe maravilhosamente bem, já outra mulher pode pensar que ele está interessado em alguém que seja muito boa de cama.

Fulano, 35
Aqui, BR

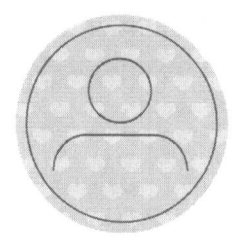

💜 Sobre

"Eu gostaria de encontrar alguém com as ideias claras e que seja vertical em suas ações."

É possível que o que essa pessoa esteja buscando é alguém que tenha uma conduta reta, isto é, alguém que seja correto(a), honesto(a). A mensagem, entretanto, não ficou clara. O interessante é que essa pessoa gostaria de encontrar alguém com as ideias claras.

Fulano, 35
Aqui, BR

💜 Sobre

"Depois de um longo relacionamento e de ter conhecido algumas pessoas que não me agradaram tanto pelo modo que elas agiam, quanto pelo simples fato de não serem absolutamente nada interessantes. Hoje é dentro da minha solidão que encontro a paz e me sinto um pouco satisfeito."

Sites de relacionamento não são o canal adequado para falar mal das outras pessoas; aliás, nenhum lugar o é, mas claramente a imagem que pode surgir na mente do leitor é de que poderá ser a próxima vítima de algum comentário.

Teria sido melhor ler, por exemplo: Chegou a hora de uma nova busca pelo amor. Sou uma pessoa emocionalmente independente e gostaria de encontrar alguém assim também.

Não bastasse isso, ele continua:

> "Ando com preguiça de me dispor e me despir pra alguém pela milésima vez, preguiça de começar do zero e ter que contar toda a minha história outra vez, ter que voltar pro grande jogo das conquistas e planejar encontros."

Desabafo também não é adequado nesses canais. Aqui, o melhor a fazer é mostrar o seu lado positivo.

Aqui poderia ter sido dito: espero me despir pela primeira vez para minha última parceira, espero jogar o jogo da conquista inicial pela última e derradeira vez. Espero encontrar a parceira com a qual planejaremos muitos encontros e jogos de uma conquista constante e diária.

E a pessoa continua...

> "Não tenho esperado mais resposta de ninguém e tenho tido pavor de responder a alguém que não sejam os meus amigos."

Vamos parar por aí, embora o amigo ainda siga por mais um pouco nessa linha.

Essa pessoa visivelmente não está preparada para ir em frente. É lastimável que tenha investido tempo e dinheiro. Talvez ele tenha recebido alguma mensagem de apoio, mas vejo pouca possibilidade de sucesso com uma mensagem assim.

O mais triste é que possivelmente esse texto vai agravar ainda mais o estado anímico dessa pessoa.

Este exemplo serve para mostrar que é preciso estar aberto e pronto para um novo relacionamento, pois se você não estiver se sentindo bem com você, é pouco provável que você tenha uma boa experiência em qualquer lugar que você busque um relacionamento. Parece clichê, mas você precisa se amar para vir a ser amado(a) por outra pessoa.

O próximo é muito bom!

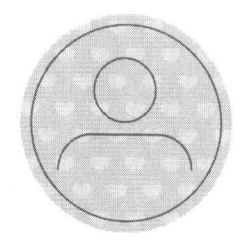

Fulano, 35
Aqui, BR

♥ **Sobre**

"LEIA BEM OS AVISOS:
1) Não sou contatinho; sou um cara sério em busca de alguém especial.
2) Detesto trânsito, não dirijo, uso Uber e sou feliz com isso.
3) Se achas que o item 2 possa ser um defeito, tenho 38 anos e garanto que tenho muitas qualidades.
4) Parei de fumar há 14 anos, e hoje o cheiro do cigarro é algo que não me agrada.
5) Política, religião e futebol, não precisamos concordar; basta respeitar."

Todas devidamente advertidas! Quem quiser se adaptar, as regras estão postas!

Apesar do tom autoritário, podemos dizer que essa pessoa deixou claro que não abre mão de algumas coisas que podem conflitar com pontos importantes para outras. Ainda assim, poderia ter tido a mesma assertividade dizendo: Estou em busca de um relacionamento sério com uma pessoa não fumante e gostaria de deixar claro que, se para você for importante que seu parceiro dirija, eu não sou essa pessoa. Tenho muitas qualidades, sendo uma delas o respeito a opiniões divergentes. Gosto de reciprocidade, portanto também espero respeito às minhas opiniões.

Mais uma:

Fulano, 35
Aqui, BR

♥ Sobre

"[...] Não tenho filhos, rolos ou casinhos. Busco uma mulher de verdade! Não adolescente que só sabe desejar príncipes em cavalos brancos ou meias laranja. Busco aquilo que posso oferecer: sem nhem nhem nhem e mais atitude." "[...] Axé, pagode e sertanejo, SEM CHANCE! [...] Se é para rolinhos, joguinhos e perdas de tempo, sou o cara errado."

Se esse homem não tivesse começado sua descrição com um poema de Vinícius de Moraes, que não copiei porque o objetivo aqui é falar do que não é adequado em um perfil, tudo estaria perdido. Fico me perguntando o que é uma mulher de verdade. Mas vamos tentar melhorar isso.

Talvez, se o amigo tivesse escrito: sou um homem maduro e independente, em busca de uma mulher madura e com atitude para um relacionamento sério. Sou um homem sério e amante da boa música, o que, na minha opinião, exclui axé, pagode e sertanejo.

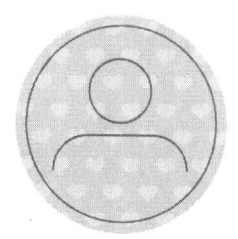

Fulano, 35
Aqui, BR

♥ Sobre
"Oi! Você, mulher, aí do outro lado, se estás procurando homem inseguro, cheio de mimimis, pouco letrado, ignorante, estúpido, machista tipo BolsoNero, favor passar longe. Aqui a história é outra, mas para saber é só perguntar."

Esse meu amigo politizou a escolha da parceira. Para ele a condição fundamental na parceira era o posicionamento político. Ele não deixou de falar sobre si, mas poderia tê-lo feito de forma mais direta e, em relação à posição política, de forma mais genérica; por exemplo, dizer: sou um homem seguro, objetivo, letrado, inteligente, culto, que respeita as mulheres, à procura de uma parceira que tenha uma posição política de esquerda.

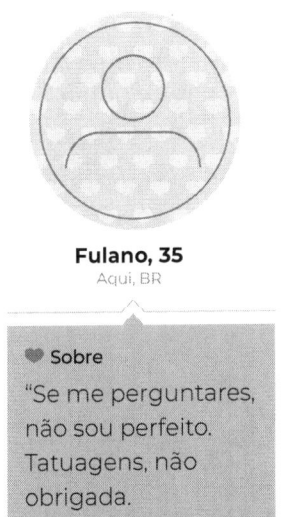

Fulano, 35
Aqui, BR

♥ Sobre
"Se me perguntares, não sou perfeito. Tatuagens, não obrigada. Cachorreiras abster-se. Obrigado."

Cachorreiras, imagino que sejam mulheres que gostem de animais de estimação.

Essa pessoa limitou-se a dizer o que não quer em uma mulher, isto é, tatuagem e alguém que goste de animais de estimação. É possível que precise de várias experiências até encontrar a pessoa ideal, porque só falou do que não aceita em uma parceira.

Mesmo que queira manter o discurso de expor apenas o que não deseja, talvez ficasse melhor algo assim: Não sou perfeito e não espero perfeição, mas prefiro mulheres sem tatuagem e que não tenham animais de estimação.

"Sou feliz, alegre e forte. Tenho amor e muita sorte. Tenho paz, sou um sucesso. Tenho tudo que eu peço. Sou feliz e inteligente, pois é, deus no subconsciente."

Enfim, ele é o máximo! Um poeta, com certeza!

Não há problema algum em postar uma mensagem assim. Apenas poderia ter escrito algo a respeito de suas expectativas sobre sua parceira ideal, ou qualquer mensagem que indique que está falando para outra(s) pessoa(s). Isso demonstraria interesse em uma interação.

Fulano, 35
Aqui, BR

♥ Sobre

"Sou um homem recém-separado e com o coração partido por ter dado muito e ter recebido pouquíssimo (amor) em troca em minha antiga relação. Cansei de sofrer por algo que não vale a pena lutar![...]"

Esse é mais um exemplo de uma pessoa que possivelmente não está pronta para seguir em frente. É pouco provável que o *site* o ajude; pelo contrário, existe a probabilidade de que essa pessoa fique frustrada por seu perfil não atrair o que busca.

Pode ser que, se ele escrevesse algo como: Estou em busca de reconstruir minha vida e gostaria de encontrar alguém leve para seguir comigo nessa caminhada. Uma pessoa generosa, que saiba dar amor e esteja disposta a receber.

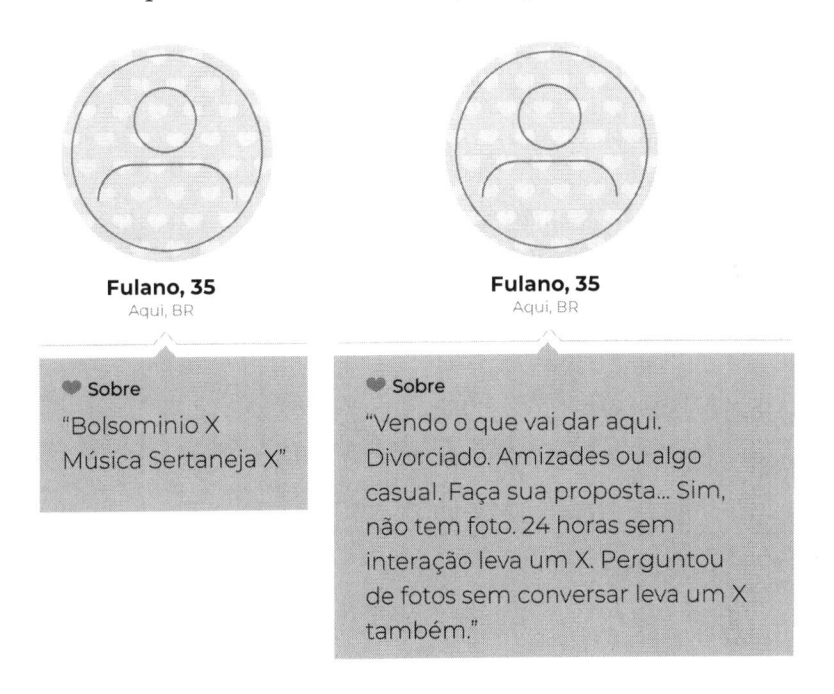

Fulano, 35
Aqui, BR

♥ Sobre

"Bolsominio X
Música Sertaneja X"

Fulano, 35
Aqui, BR

♥ Sobre

"Vendo o que vai dar aqui. Divorciado. Amizades ou algo casual. Faça sua proposta... Sim, não tem foto. 24 horas sem interação leva um X. Perguntou de fotos sem conversar leva um X também."

*X é utilizado para excluir o perfil da pessoa na seleção quando não despertou seu interesse.

Essas duas pessoas resolveram ameaçar as pretendentes! Se você não se enquadrar, será excluída.

"Faça sua proposta...." equivale praticamente a dizer que você deve lutar por ele e ele irá avaliar se vale a pena ou não.

Essa pessoa já está dizendo, praticamente, que, se você quiser se relacionar com ela, terá de se adaptar.

Vamos tentar ajudá-los:

Ao primeiro, eu indicaria escrever: Sou politicamente de esquerda. Gostaria de encontrar alguém que tivesse o mesmo posicionamento político que eu. Considero importante que a pessoa seja politizada.

Este segundo dificultou a minha vida, primeiro porque não está disposto a postar fotos, segundo porque foi agressivo em sua postagem, no sentido de definir como as pessoas devem interagir com ele. Ainda assim, sugiro: Estou experimentando este tipo de relacionamento. Sou divorciado e busco por amizades ou algo casual, com pessoas que estejam dispostas a interagir e a aceitar que não estou disposto a postar fotos. Prefiro conversar primeiro.

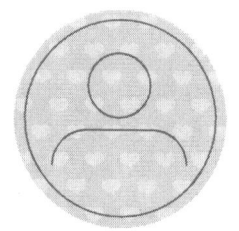

Fulano, 35
Aqui, BR

♥ Sobre

"O que eu procuro aqui? Procuro encontrar uma princesa presa na torre do castelo e salvá-la, montado em meu alazão branco!! Acho que é isso que a maioria quer ler, porque quando se fala em começar fazendo amizade e ir progredindo pra algo mais sólido e dito que a pessoa não quer nada sério, então vamos fantasiar! kkk"

Essa pessoa não disse nada que possa indicar o que procura, nem o que tem a oferecer. Isso dificulta muito a interação. A mensagem não passa de um desabafo, quando deveria ser uma oportunidade de mostrar o que ele tem a oferecer e o que procura na sua parceira.

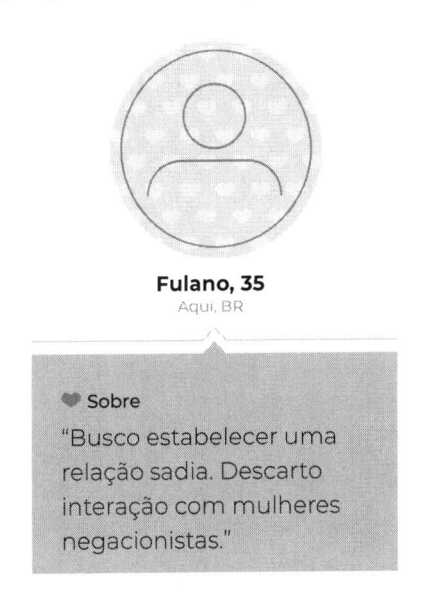

Fulano, 35
Aqui, BR

♥ Sobre
"Busco estabelecer uma relação sadia. Descarto interação com mulheres negacionistas."

Mais um exemplo de falta de objetividade, apesar de parecer objetivo. Certamente, para essa pessoa, o posicionamento político de uma parceira é fundamental na relação. Aliás, o que é uma relação sadia? Não seria melhor dizer que busca uma pessoa tranquila e com bom humor para buscar uma relação duradoura? E a expressão "mulheres negacionistas" contém uma carga de agressividade desnecessária. Você pode dizer o mesmo sem ser agressivo, como já mencionado anteriormente.

É sempre bom lembrar que se você procura por um relacionamento *sadio*, o que pressupõe, em tese, sem conflito, seria melhor se você iniciasse com uma mensagem sem agressividade.

> *Sugestão de pergunta quebra-gelo do site:*
> *O que mais me irrita.*
> *Resposta: "Pessoas ignorantes, com a mente fechada, e com qualquer tipo de fanatismo.*

> *Sugestão de quebra-gelo do site:*
> *Estas são minhas coisas favoritas*
> *Jogar futebol*

Essas perguntas quebra-gelo servem para dar a oportunidade da outra pessoa iniciar um diálogo interagindo. Embora a pergunta quebra-gelo, no primeiro exemplo estimule uma resposta mais agressiva, se você quiser aproveitar melhor a oportunidade, poderia fazer uma brincadeira, o que demonstraria leveza de sua parte. Já o segundo exemplo, responder que você gosta de jogar futebol, o que, na maioria dos casos, não acolheria uma parceira, a não ser que ela também curta isso e, embora o número de mulheres apreciadoras desse esporte venha crescendo ultimamente, não parece ser uma boa estratégia de conquista, pois a maioria ainda não o é.

Há outros diversos exemplos de postagens que se aproximam de agressivas nesses *sites*, mas vamos parar por aqui para não fugir do objetivo, que é mostrar como se poderia aproveitar melhor a oportunidade de utilizar esse tipo de ferramenta para encontrar um(a) parceiro(a) ideal.

Portanto, vamos agora navegar pelos inscritos que acertaram na estratégia da conquista.

Perfis atraentes – exemplos

Eis alguns perfis que me chamaram atenção enquanto pesquisava pelo meu par ideal nos diversos *sites* de relacionamento.

Não identificarei as pessoas, nem os *sites* nos quais foram registrados. Os exemplos trazidos são ilustrativos de como se pode criar um bom perfil, seja com poucas ou muitas palavras.

A ideia também é estimular o leitor a perceber qual a impressão que se tem quando se leem esses perfis. Você se sente estimulado(a) a conhecer mais essa pessoa? Sente curiosidade em saber mais?

Fulano, 35
Aqui, BR

♥ Sobre

"Às vezes, você só que dar uns beijos, mas a burocracia é tanta que parece que tá na fila de espera para receber transplante de órgão."

Só pegação

Fulano, 35
Aqui, BR

♥ Sobre

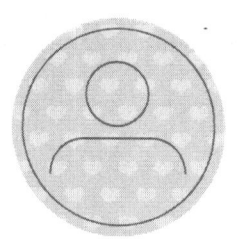

"Um ponto fora da curva. Pratico academia, ciclismo e caminhadas. Livre e independente. Apreciador de boas companhias, barzinhos, restaurantes, bons vinhos, espumante, ou mesm cerveja. Cavalheiro, atencioso, carinhoso, mais, só tendo o prazer de me conhecer."

 Esse primeiro exemplo foi muito criativo! Deixou clara a mensagem de sua busca por um relacionamento sem compromisso e mostrou bom humor. Muito bom!

 O segundo já vai por um caminho mais formal, mais detalhado, que é o adequado para quem procura por um relacionamento mais maduro. Também é um excelente exemplo de como mostrar o que tem a oferecer. Não falou sobre sua parceira ideal, o que ajudaria na assertividade de sua busca.

Fulano, 35
Aqui, BR

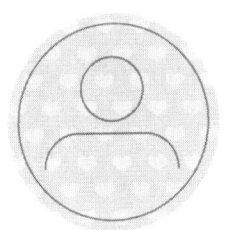

♥ Sobre

Olá, viajante do *site*!
Sou uma pessoa solitária (solteira e sem filhos) que sabe desfrutar de sua solidão, mas que também sabe desfrutar de bons momentos com gente de bom coração. Também gosto de apoiar as pessoas próximas a mim nos momentos não tão bons, pois há de tudo na vida.
Desfruto de passeios ao ar livre, no campo e na praia e de beber alguma coisa em uma sacada enquanto batemos um bom papo. Desfruto mais da vida com coisas simples.
Não costumo olhar para trás; creio que todo o vivido foram escolhas em outros dias, por poderosas razões e nos conformamos com tal e como somos agora. Só existe o presente, o passado são recordações e o futuro é incerto para todos.
Gosto, sim, de ver a cara das pessoas que vou conhecer, por isso considero importante a foto. Sei que as aparências enganam, mas todos temos nossas preferências. É simplesmente um primeiro passo, logo virão outros.
Sou agnóstico e procuro ser estoico em minha forma de enfrentar a vida, apesar de que nem sempre se consegue. Sobretudo tento ser feliz e fazer feliz as pessoas que convivem comigo, sempre que seja possível.
E me desculpe viajante se demoro a responder, para algumas coisas sou lento e para estas muito mais, além de não dispor sempre de tempo necessário para estar conectado.
Te desejo o melhor dos dias.

Veja como ele fala de como é, como é atencioso com a leitora, como diz delicadamente que prefere perfis com fotos e ainda tranquiliza a interlocutora em relação à possível demora de sua resposta. Este, sem dúvida, é um exemplo de perfil cativante. Dá vontade de conhecer essa pessoa.

Fulano, 35
Aqui, BR

♥ Sobre

Sou uma pessoa com a vida organizada e tranquila. Não fumo, bebo pouco e pratico esportes. Gosto de pedalar e nadar.
Nasci no Espírito Santo e moro há alguns anos em Porto Alegre.
Procuro mulher com características semelhantes às minhas, independente, bem resolvida financeiramente, tranquila, que goste de viajar, que goste de praia.
Se tiver filho pequeno seria melhor, pois também tenho um de 10 anos.
Procuro viver a vida intensamente, buscando sempre pela felicidade. Busco por alguém que me acompanhe em um relacionamento duradouro.
As fotos são recentes (data). Melhor assim, pois evita constrangimento.

Essa pessoa foi objetiva em relação a quem é e o que procura em uma parceira. Não escreveu muito, mas foi o suficiente para uma boa observadora. Facilita muito na hora de avaliar se você busca por uma pessoa assim e se você preenche os requisitos mínimos que ele estabelece.

Da mesma forma que o anterior e ainda mais objetivo, o exemplo a seguir soube demonstrar o que tem a oferecer e o que procura numa mulher.

Fulano, 35
Aqui, BR

♥ Sobre

Solteiro, 57 anos, saudável. Gosto de caminhadas, parques, *pubs*. Filhos adultos. Procuro por uma companhia educada. Inteligência, elegância e bom-senso são indispensáveis.

Fulano, 35
Aqui, BR

❤ Sobre

Preparar um jantar a quatro mãos, curtindo um vinho e uma boa música não tem preço. Desde uma corridinha (que estou voltando a fazer), um passeio de moto até a serra, um cinema, ir acompanhado a uma festa para dançar The Police, The Cure, Man at Work, Blitz, Lobão... Ler um bom livro, curtir um filme num sábado frio e chuvoso debaixo das cobertas...
São muitas opções

    Esse também é um bom exemplo, que demonstra objetividade sem deixar de dizer o importante. Apesar de não ter falado muito de si, nem do que espera em uma companheira, dá pra perceber que é uma pessoa que quer viver bem a vida e diz o que gosta e como vê um bom relacionamento, o que permite que a pretendente avalie se é o que procura.

Fulano, 35
Aqui, BR

♥ Sobre

Contrata-se:
Empresa c/ clima leve e feliz.
Há 49 anos no mercado, seleciona candidata para relação saudável.
Pré-requisito: De bem com a vida, reciprocidade, conexão, leveza, que tenha brilho e sorriso no olhar, que goste de viajar tanto para longe, quanto para ali do lado; que curta jantar num bom restaurante, um cachorro-quente na calçada ou em casa, uma comidinha feita com muito amor.
Imprescindível gostar de ARTE, CINEMA, TEATRO e um sexo pegado, rsrs.

Esse, sem dúvida soube dizer o que procura e o fez com muita criatividade. Parabéns ao autor!

No que concerne à mensagem de perfil, não há um segredo; o importante é despertar a vontade de alguém por conhecer você.

6 CONSIDERAÇÕES SOBRE AS FOTOS POSTADAS NOS *SITES*

As fotos nos perfis são responsáveis pela continuidade ou não do interesse dos(as) candidatos(as) a uma interação social, seja ela de amizade ou relacionamento amoroso, ou mesmo qualquer outro tipo de relacionamento que seja do interesse do inscrito.

De acordo com as recomendações dos diversos *sites* e de minhas experiências pessoais, os perfis que não despertam interesse são aqueles sem foto. Há inúmeras postagens de inscritos que afirmam que não responderão a perfis sem foto.

Qual a lógica que há por trás desse desinteresse por perfis sem foto? A lógica da reciprocidade. Se eu estou me expondo, mostrando quem sou, nada mais justo que saber quem está do outro lado. Além disso, você quer saber com quem está conversando. Não quer ter surpresas em relação a isso.

Já recebi mensagem de pessoas cujo perfil não tinha foto que afirmavam que enviariam a foto em particular e resultou ser uma tentativa de golpe, pois a pessoa queria iniciar uma conversa com *e-mail* e o endereço de *e-mail* também não dizia nada a respeito da pessoa. Era um endereço do tipo amoroso@.....

Obviamente que não dei continuidade à conversa e bloqueei a pessoa no *site* de relacionamento.

Posso estar enganada a respeito, mas parto do pressuposto de que a pessoa que não posta fotos tem algo a esconder e, diante de tantas possibilidades de contato nesses *sites*, não vejo sentido em interagir com pessoas com perfil sem fotos.

Portanto, se você não for partidário(a) da proposta daquela série que experimenta a aproximação de casais sem a interferência da aparência física, poste fotos no seu perfil.

Na mesma linha do perfil sem fotos estão os perfis que apresentam fotos de costas, fotos de partes do corpo, fotos tiradas de longe ou fotos usando máscaras. Apesar de estarmos em tempos de pandemia, esse pode ser um subterfúgio para esconder-se. Pode ser, porque há pessoas que postam uma foto com máscara e outras sem, o que, nesse caso, traz a mensagem de que a pessoa está adotando cuidados pessoais.

Parece ser que a foto muito próxima tem o mesmo objetivo das anteriores. Pessoas que postam fotos de seu olho, ou de seu queixo, não sendo possível identificar o rosto por completo.

Entretanto, nesses casos, ainda dou uma chance para ver se a pessoa postou alguma foto adicional. Caso isso não ocorra, entendo que não vale a pena investir em um perfil com essas características.

Ainda nesse mesmo sentido estão as fotos sem nitidez. Diversas pessoas postam fotos com baixa qualidade, seja por falta de habilidade com recursos tecnológicos, seja por falta de dedicação a essa tarefa. Outra possibilidade é ocultar a identidade mesmo.

Nessa linha ainda estão as fotos de paisagens, fotos de mensagens, fotos de animais, bem como outras que não mostram a fisionomia nem o corpo inteiro do inscrito.

Em qualquer dessas hipóteses, a probabilidade de não despertar interesse será alta.

Outro tipo de foto não recomendado para ser usado em *sites* de relacionamento é foto antiga.

Muitas vezes, seja porque a pessoa não está satisfeita com os efeitos do tempo, ou porque não está satisfeita com seu corpo naquele momento, ou mesmo porque gostou muito de uma determinada foto tirada há muito tempo, os inscritos a postam no aplicativo.

Essa não é uma boa estratégia. Mais dia, menos dia, a verdade será revelada e pode ser que você perca uma excelente oportunidade – até a melhor oportunidade de sua vida, pelo simples fato de não ter sido inteiramente honesto em relação à sua aparência. Muitas pessoas são bem exigentes em relação à verdade.

O ideal é que as fotos não tenham sido tiradas há mais de dois anos.

Entretanto, se o objetivo for mostrar as atividades que você curte, por exemplo, mergulhar, fazer rapel, ou visitar um museu, nada impede que você poste uma foto mais antiga e escreva na descrição da foto quando foi tirada.

Mas não deixe de postar uma foto a mais atual possível.

É importante você postar fotos relaxado, mas não precisa ser deitado. Ainda assim, se você optar por uma foto deitado, escolha bem o ambiente. Se for na cama, escolha um lençol ou uma colcha monocromática, esticado, passado. Ajeite o ambiente para não parecer desorganizado. Se for deitado no sofá, limpe o ambiente, retirando copos, pratos e outros objetos que passem uma impressão de desorganização.

Não há nada de errado em postar fotos comendo ou bebendo, mas foto chupando pirulito pode ser sensual em uma mulher jovem, mas um homem adulto passa uma imagem desinteressante. Se o objetivo for parecer *sexy*, ensaie um olhar na frente do espelho. Sutileza é a melhor opção. É muito mais atraente, a não ser que você queira deixar claro que tem excelente senso de humor.

Um outro tipo de foto que, em meu entender, não é adequado – e isto é para os homens, é foto sem camisa, ainda mais se você não tiver um corpo bem torneado a mostrar. Ao menos para o perfil que busco. Não me atraiu nenhum perfil no qual houvesse fotos de homens sem camisa.

Na mesma linha das fotos sem camisa, estão, para as mulheres, as fotos de biquíni.

Tudo, é claro, depende do seu objetivo no *site*. Se você busca um relacionamento sério, você pode até ter orgulho de seu corpo, mas mistério é muito bom, nesse caso. É aconselhável que você não se exponha muito até para estimular a curiosidade. Infelizmente, na nossa cultura a mulher ainda não goza de tanta liberdade quanto o homem. Enquanto o homem fica confortável em tirar a camisa em público, à mulher não é conferida a mesma liberdade para mostrar um pouco mais do corpo e muitas vezes é mal interpretada. É possível que esse tipo de foto atraia interesse das pessoas com as quais você não deseja se relacionar.

Entretanto, se o seu objetivo é pegação e você acredita que o seu corpo vai ajudar nos seus objetivos de conquista, vá em frente! Mostre um decote ousado, ponha uma saia curta e caprice no olhar! Se preferir, vá de biquíni.

Da mesma forma as fotos de sunga e mais, fotos de sunga, com as pernas abertas tiradas de baixo para cima. É possível que alguém se interesse pela aparência da pessoa, mas, se o objetivo for relacionamento sério, talvez seja melhor vestir uma roupa e mostrar conteúdo.

Nesse sentido também podem ser inseridas as fotos do traseiro do rapaz. Ainda que vestido, não é interessante focar na bunda. Nós mulheres gostamos de ver bunda? Certamente que sim e, se você quer mostrar que tem uma bunda bonita, tire uma foto de corpo inteiro, em frente ao espelho, mostrando frente e verso. Seja elegante e sutil. É muito mais atraente. E pode ter certeza que será notado.

É frustrante também, quando o inscrito apresenta duas fotos iguais, sendo uma um recorte da outra. O que se espera ver através das fotos é um pouco da sua personalidade, o que você faz para se divertir, se é bem-humorado, se é sério, em especial em aplicativos como o Tinder, onde há pouco espaço para descrever-se. Duas fotos iguais mostram muito pouco. Se o seu objetivo é esse, então, está perfeito, mas esteja pronto para, eventualmente, não despertar muito interesse.

Nas fotos postadas, além da imagem do inscrito, outro fator importante é o entorno. Um ambiente bonito ao redor pode ser inspirador e ajudar no momento da conquista; por essa razão eu trouxe alguns exemplos de ambientes que me chamaram a atenção nos aplicativos.

A mais comum é a foto no banheiro. Tem foto no banheiro discreta, na qual você percebe que a pessoa está no banheiro em razão dos azulejos ao fundo. Esta é a mais comum, porque a pessoa pode se olhar no espelho e avaliar se a foto ficará boa. De qualquer forma, hoje, com a possibilidade de usar o telefone para isso, você pode tirar muitas fotos e escolher a que mais lhe agrada. Não precisa fazer isso diante de um espelho de banheiro.

Além desse exemplo, há foto aparecendo o chuveiro ao fundo, vaso sanitário, produtos de higiene e mais umas quantas coisas que não merecem referência.

Está certo que você queira mostrar um pouco de você à sua pretendente, mas não precisa mostrar a marca do chuveiro, nem do seu condicionador, muito menos os resíduos do que você comeu no almoço!

Outro tipo de foto que rende uns pontos a menos no perfil é foto em ambiente desorganizado, como a postada por mais de um inscrito, em pátio cheio de sujeira. A foto é o seu cartão de visitas. Você não vai querer que pensem que você vive no meio da sujeira, não é?

E a foto que entrou para o concurso das menos atraentes foi uma postada por um motorista de aplicativo com passageira do banco de trás. O pior é que dava a impressão de que ela não estava satisfeita. Será que era com o serviço? Nunca saberemos.

Apesar de tudo o que foi dito, seja generoso(a) quando analisar uma foto, pois nem todas as pessoas são fotogênicas. Conheço pessoas que não saem bem nas fotos, mas, quando você as conhece, você se encanta. Não julgue o livro exclusivamente pela capa.

Sugestões de fotos

Pode-se comparar a foto à sua oportunidade de causar uma ótima primeira impressão, ou ao menos boa. Só temos uma oportunidade de causar boa primeira impressão. O objetivo é fazer o melhor uso possível dessa oportunidade; então, seguem algumas dicas.

O mais importante em relação a esse tema é postar uma foto atual. Independentemente da percepção que você tenha em relação a seu corpo, sua idade, ou qualquer outro fator referente à satisfação com a sua aparência, é melhor ser honesto de cara. Escolha uma foto recente, que você considere que reflete o que você é no momento em que está fazendo a sua inscrição no *site*. E não use muito filtro. Nada que mascare a verdade vai ajudá-lo(a) depois.

Isso não impede que você inclua também fotos mais antigas com o objetivo de mostrar alguma(s) atividade(s) de que você goste, como fazendo uma trilha, dirigindo um carro de corrida, praticando ciclismo, lendo um livro, etc. Nesse caso, escolha essa foto como adicional a uma atual e descreva em cada uma delas o ano em que foi tirada e, se considerar importante, uma descrição do momento ou da foto – por exemplo – férias inesquecíveis em Porto Seguro (dezembro de 2000). Nem todos os aplicativos permitem isso, mas se houver essa possibilidade, recomendo que a use. Nesse caso, você pode fazer uma montagem no aplicativo de fotos do seu celular, incluindo a descrição sobre a foto.

É bem interessante enriquecer o seu perfil com fotos que mostram o que você gosta de fazer. Se você gosta de andar de moto, poste uma foto ao lado da sua moto, mas tire o capacete. Mostre o seu rosto sempre que puder.

Além disso, se você quiser dar um toque de sensualidade no seu perfil sem mostrar o seu corpo, uma sugestão é tirar uma foto do seu pé, ou da sua mão, por exemplo. Nesse caso, dê uma caprichada na pedicure e na manicure – mostre um pé ou uma mão bem cuidado/a. Acredite! Produz ótimo efeito. Eu postei uma no meu perfil que fez o maior sucesso!

Também é recomendável que você poste fotos em ambiente aberto, com uma bela paisagem de preferência. Se você prefere a praia à montanha, escolha um mar ao fundo e/ou vice-versa.

Outros fatores importantes para uma boa qualidade das fotos postadas são o enquadramento e a nitidez. Cuide para que você apareça claramente nas fotos e que a mesma contenha tudo o que você quer mostrar.

Cuide para que a foto fique na posição correta. Não é raro aparecerem fotos de cabeça pra baixo ou de lado.

Por último, é recomendável que você poste ao menos duas fotos em seu perfil, sendo uma do seu rosto e uma de corpo inteiro. Alguns *sites* afirmam que os perfis com mais fotos são os que mais obtêm sucesso. Procure estar sorrindo na foto, se sentir confortável. O sorriso abre muitas portas, é acolhedor, atrai a atenção, mas, se for forçado, pode fechá--las com cadeado.

Se tiver dúvida em relação às suas escolhas, peça a opinião de algum(a) amigo(a) quanto às suas fotos postadas. Pergunte a ele(a) se as fotos que você pretende postar o(a) representam.

7 DICAS PARA PREENCHIMENTO DE PERFIL NOS *SITES* DE RELACIONAMENTO

A primeira e mais valiosa dica é não deixar nada em branco – aproveite todas as oportunidades de se manifestar, desde as descrições até a quantidade máxima de fotos que podem ser enviadas. Ponha fotos de atividades que você gosta de realizar; por exemplo, você cozinhando, ou cuidando do jardim, ou fazendo uma caminhada, em frente a uma bicicleta, de capacete, com uma paisagem maravilhosa ao fundo, fazendo rapel, ou seja qual for a atividade que você escolhe para o seu lazer, como leitura também.

Mostre seu melhor ângulo. Use uma boa câmera para produzir fotos que explorem seus melhores ângulos e perspectivas, mas não abuse de filtros ou Photoshop. Se necessário, peça a um amigo para ajudá-lo com essa tarefa.

Seja honesto(a). Não apenas ao descrever-se, mas também sobre o que procura e quais as suas preferências. Não vale a pena fazer-se passar por quem você não é. Isso será descoberto de qualquer forma. Descreva suas qualidades, o que seus amigos admiram em você, o que você gosta de fazer nos seus momentos de lazer. Seja específico, descrevendo detalhes, mas não precisa jogar contra. Não é hora de falar de seus defeitos. Agora, se você tem consciência de algum defeito, procure tratá-lo, se for possível. Se não for possível, aborde de forma leve.

Um exemplo nesse sentido, que li em mais de um perfil, foi a questão do ronco. Caras procurando um relacionamento sério que entenderam que essa informação seria importante. Realmente é. Eles têm razão. Eu achei muito legal da parte deles abordarem esse assunto.

Entretanto, uma coisa é assumir seus defeitos, outra é fazer um marketing negativo. Não se deprecie. Evite falar do que não gosta. Dizer apenas o que você não gosta de fazer ou do tipo de pessoa com as quais você não gosta de conviver passam a impressão de que você é uma pessoa desagradável de conviver.

Também procure ser o mais objetivo(a) em relação a quem você procura. Faça isso de forma positiva, mostrando as qualidades que você procura num parceiro. Da mesma forma que com sua descrição, evite dizer o que você não gosta nas pessoas. Seja otimista.

Diga o que você gosta de fazer quando está acompanhado. Descreva as possibilidades. É muito estimulante imaginar o que vocês podem fazer juntos.

Facilite a abordagem. Você pode incrementar seu perfil com perguntas que estimulem uma boa conversa.

São exemplos:

- ☑ O que você faria se tivesse 3 dias de plena liberdade, sem se preocupar com dinheiro ou qualquer outra dificuldade?
- ☑ O que você carrega consigo sempre?
- ☑ Qual a sua melhor característica?
- ☑ Qual a sua noite ideal?
- ☑ Como você se apresentaria numa frase?
- ☑ O que você considera indispensável num primeiro encontro?
- ☑ Qual o seu próximo destino?

- ☑ Conte algo inusitado que aconteceu com você.
- ☑ Qual o livro que marcou sua vida?
- ☑ Qual foi a situação mais engraçada que você viveu?
- ☑ Qual a sua melhor experiência de vida?

Essas perguntas podem ajudar você, também, a descobrir perfis *fakes*.

Há *sites* que ajudam com essa tarefa, mas você pode criar o que quiser aqui. O universo é o limite para essa brincadeira. Divirta-se!

Outra dica importante é para quando você fizer contato. Procure falar sobre assuntos que você leu no perfil da outra pessoa. Isso serve não apenas como quebra-gelo, mas também para confirmar se o perfil não é falso.

Adicione detalhes a tudo que você descrever no seu perfil. Não seja generalista em relação aos seus interesses e habilidades. Diga nome de filmes, músicas, ao invés de dizer que você adora cinema e ouvir música, fale de alguma característica que o encanta no seu autor favorito. Por exemplo, eu adoro o escritor José Saramago, então, quando me refiro a ele, gosto de dizer que a ideia inicial do livro *Ensaio sobre a Lucidez* é meu "sonho de consumo". Se a outra pessoa leu o livro, já engrena na conversa. Se não leu, pode ser que fique curiosa e me pergunte o que acontece no início do livro.

Evite ironia e sarcasmo. Essas características soam negativas e podem afastar bons pretendentes, assim como atrair pessoas negativas e até agressivas.

Use linguagem direta. Não use muitos "nãos" na sua descrição – evite inserir o que você não gosta.

Isso não impede que você use a palavra quando for necessário – por exemplo, eu escrevi num perfil a seguinte frase: "Não estou à procura de um provedor, mas de uma boa companhia". Esse é um exemplo de como posso dizer que não procuro por alguém que me sustente. Nesse caso, o uso da palavra "não" foi necessário. Eu poderia ter escrito "Sou independente financeiramente" também. A bem da verdade, já o tinha feito anteriormente. Entretanto, como nem todos entendem sutilezas, percebi que abordar esse tipo de informação de forma clara seria a melhor opção para mim. Além disso, escrever que você é independente financeiramente acaba por atrair perfis de homens que buscam por mulheres provedoras.

Evite detalhar seu currículo. Lembre-se. O *site* é para relacionamentos e não para procura de emprego. É normal constar a pergunta sobre sua formação nos aplicativos, mas isso serve para buscar perfis com o mesmo nível cultural. Agora, dar detalhes sobre seu currículo, se for longo, pode ser percebido como exibicionismo ou até arrogância.

Também é importante deixar claro, mas de maneira leve, o que você não faria de forma alguma e que você percebe que é comum as pessoas gostarem de fazer; por exemplo, eu escrevi em meu perfil que "não sou parceira para *camping*", porque observei que muitos homens colocam em seu perfil que adoram acampar. Dessa forma, quem ler o meu perfil e considerar importante essa atividade, já saberá que não serei companhia para essa atividade.

Seja honesto na idade, no que você é e no que você tem a oferecer, mas não precisa dizer tudo logo de cara. Não se exponha sem necessidade.

Essas são algumas dicas que podem ajudar na construção de um bom perfil, mas você pode tirar ideias dos demais perfis, à medida que começar a interagir.

Você sempre poderá alterar o que escreveu; então, não se preocupe em fazer algo perfeito. À medida que você for interagindo, perceberá como as pessoas com as quais você tem preferência por fazer contato se comunicam, se descrevem, enfim, interagem.

A seguir, a título de exemplo, demonstro como construí meu perfil em um desses *sites* de relacionamento nos quais me inscrevi.

Luciane •

54 • Porto Alegre, Rio Grande do Sul
Buscando homens entre 50 - 62 em Porto Alegre, Rio Grande do Sul
Online agora!

Eu nunca
digo nunca.

Descrição da pessoa

Sou uma aposentada tranquila, bem resolvida, mãe de duas filhas adultas e independentes das quais me orgulho muito.

Adoro viajar, caminhar ao ar livre, explorar novas cidades a pé! Tenho muito a conhecer ainda, mas não sou parceira pra camping. Prefiro o conforto. Não preciso de um hotel 5 estrelas, mas higiene e bom atendimento são bem vindos.

Gosto de cozinhar, mas não de tornar essa atividade uma rotina. Seria a cereja do bolo encontrar alguém que participasse dessas atividades. Cozinhar a dois enquanto se aprecia um bom vinho, ou uma cervejinha, ao som de uma boa música (o que, em minha opinião, exclui rap, funk e rock muito pesado) é muito bom!

Aprecio um bom filme, uns minutos de sol por dia, deitar em uma rede, ler um livro, bem como ir a um barzinho seja a dois ou entre amigos.

Também gosto de sair para jantar ou almoçar, ou mesmo para tomar um café - aos poucos estou voltando a fazer essas coisas. Com todo cuidado e ocasionalmente.

Um parceiro compatível, que esteja disposto a viver bons momentos, alguém que queira investir a longo prazo, que divida tarefas, além de decisões e prazeres pode vir a ser bem vindo à minha vida.

Fidelidade é fundamental na construção de um relacionamento. Nesse ponto sou radical.

Não sou do tipo que requer atenção o tempo todo, mas gosto de receber e dar atenção.

Não espero nada que eu não possa oferecer.

Não estou à procura de um provedor, mas de alguém que aceite e ofereça uma boa companhia e partilhar bons momentos.

Tenho um bom nível cultural, mas não sou excelente em cultura. Sinto-me à vontade em qualquer lugar e gosto de conversar sobre qualquer assunto. Adoro falar sobre cinema, visitar um museu - tenho preferência pelos de arte moderna.

Creio que é o suficiente pra começar. O restante vamos descobrir juntos.

Reciprocidade também é muito bem vinda, portanto, assim como coloquei fotos recentes, espero, além de fotos (mais de uma, de preferência), que sejam recentes.

Não trouxe o perfil completo para cá, mas o texto que escrevi já dá uma ideia de informações que podem constar no perfil.

Já recebi comentários a respeito da parte que escrevo sobre cozinhar a dois como sendo um dos pontos altos de minha descrição de perfil. Também já atraí contato em razão de ter um perfil bem completo.

Minha sugestão é que você dê asas à sua imaginação.

AS VANTAGENS DE OPTAR POR UM *SITE* PAGO

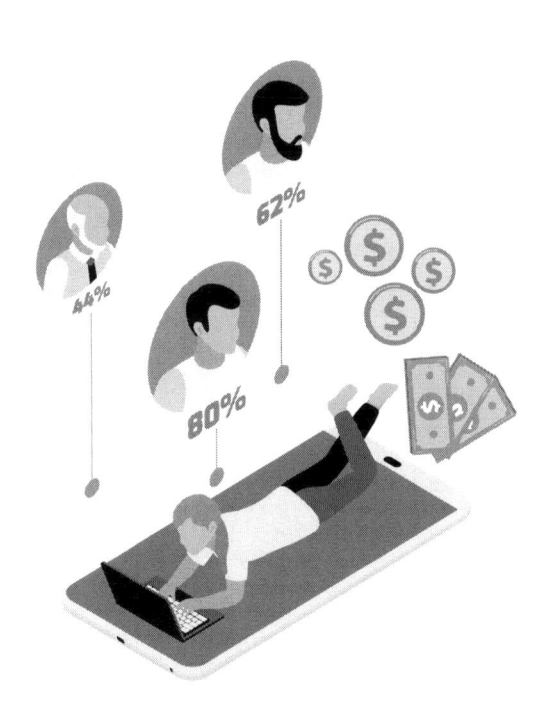

São diversas as vantagens de se optar por um *site* pago. Se você não quiser investir nisso, pode optar por fazer como diversas pessoas: insira na sua descrição seu número de WhatsApp. Embora eu não recomende, em razão da segurança que os aplicativos e *sites* oferecem. Além disso, você terá uma experiência muito mais rica se puder ler o que as pessoas escrevem nos perfis, ver quem curtiu você ou quem visitou o seu perfil – exceto no Tinder, que não tem essa possibilidade – e ver as fotos. Inclusive, você poderá tirar ideias muito boas de como incrementar o seu perfil.

Se tiver optado por um *site* pago e quiser encerrar sua participação, não esqueça de cancelar o pagamento da renovação antes de excluir o seu perfil; caso contrário, você será cobrado ao final do período, pois todos exigem cartão de crédito e raramente aceitam cartão virtual.

9

SELECIONADO O PERFIL:
como interagir?

Comece lendo atentamente o perfil do(a) candidato(a). Se você gostou, dê uma curtida. Nesse caso, você pode esperar que ele(a) tome a iniciativa ou você pode fazê-lo. Isso, se não for no Tinder, porque lá é necessário reciprocidade na curtida para iniciar o bate-papo.

Pela minha experiência, a probabilidade de sucesso será maior se você tomar a iniciativa na conversa, mas esteja preparado para algumas mensagens sem resposta. Se não se sentir seguro de enviar uma mensagem de imediato, curta o perfil e espere pra ver se a pessoa curte de volta. Caso isso aconteça, envie uma mensagem para quebrar o gelo. Não tenha medo de fazê-lo. Há muitas pessoas que têm dificuldade para tomar a iniciativa. Alguém tem que dar o primeiro passo.

E como fazer isso? Tomando por base o que ele(a) escreveu – quando ele(a) tiver utilizado esse recurso –, faça perguntas sobre algum tema. Por exemplo, ele escreveu que gosta de cozinhar. Pergunte a ele qual é a especialidade dele ou pergunte se ele sabe fazer seu prato preferido e, assim, você já aproveita pra dizer qual o seu prato predileto. Se ele não tiver escrito nada no perfil, mas tiver selecionado algumas opções de lazer compatíveis, por exemplo, fazer trilhas, pergunte onde ele costuma fazer essa prática. Se ele disse que curte um sofá assistindo a filmes e séries, pergunte sobre o tipo de séries ou filmes de que ele gosta.

Agora, se ele não tiver escrito nada, você pode perguntar pelos detalhes das fotos que ele postou; por exemplo, onde você tirou tal foto? E, caso você reconheça o local, comente sobre alguma experiência sua no mesmo lugar.

Pergunte se ele prefere sair para tomar uma cerveja ou um vinho, ou reunir-se em casa ou na casa de amigos. Pergunte sobre filhos, caso ele tenha informado que os tem.

Em relação a filhos, evite pedir muitos detalhes – pergunte pela idade dos filhos, por exemplo. Isso funciona muito bem pra começar uma conversa.

Use a criatividade. Quanto mais criativo você for na interação, maiores suas chances de sucesso.

Seja positiva. Fale sobre assuntos que possibilitem a continuidade da conversa e, sobretudo, lembre-se de que é um diálogo, um bate-volta. Não fique falando muito de si. Faça perguntas. Espere a resposta e, quando lhe for feita uma pergunta, depois de responder, faça uma de retorno. Alimente o diálogo. Lembre-se que a vontade de se conhecer deve ser mútua. Demonstre interesse no que a outra parte está lhe contando.

Evite sair contando muitos detalhes sobre sua vida nesse primeiro momento. Espere pra conhecer melhor o seu interlocutor antes de dar detalhes pessoais.

Também evite fazer um interrogatório. Deixe o papo desenrolar naturalmente. Preste atenção na interação. Observe se ele está correspondendo, fazendo perguntas. O interesse tem que ser mútuo.

Explore ao máximo a oportunidade de comunicação dentro do aplicativo ou *site* antes de trocar WhatsApp. Abordaremos as questões de segurança no próximo capítulo, mas já fica a dica aqui também.

ALERTAS E CUIDADOS NA NAVEGAÇÃO

Infelizmente a existência de perfis falsos na maioria – se não em todos – dos *sites* e aplicativos de relacionamento é mais comum do que se gostaria, mas, se você estiver atento(a), perceberá que esses perfis apresentam algumas características em comum.

Nos *sites* estrangeiros, o mais comum é perfil de militar, geralmente com fotos em uniformes, ou médicos, viúvos cuja esposa comumente faleceu de câncer.

Em geral dizem que estão em missão pelos Estados Unidos. Isso chega a ser repetitivo.

Outra característica, nesses casos, nos *sites* que operam no Brasil, observam-se fotos bem produzidas, de homens e mulheres bonitos(as), com fundos indefinidos, mas há de tudo. A maioria das fotos passam a imagem de ser uma pessoa bem-sucedida.

Um olhar atento às fotos já pode dar boas pistas de perfis falsos. Veja se as imagens de fundo são possíveis para o perfil descrito. Por exemplo, a pessoa diz que é brasileira, mas todas as fotos são de lugares que não ficam no Brasil, com ruas bem amplas e organizadas, com placas em inglês, placas de carros de países estrangeiros.

Isso não significa necessariamente que a pessoa não seja do Brasil. Pode ser uma pessoa que viaja muito, mas é um sinal a ser somado a outros.

Os nomes que escolhem geralmente são nomes comuns para americanos e ingleses, como William, David, Joe, e também é comum se comunicarem em inglês, postarem uma linha de apresentação ou algumas poucas palavras.

Essas pessoas, em geral, começam de imediato com uma abordagem mais envolvente. Dificilmente leem o seu perfil e começam a fazer elogios e usar expressões afetuosas. Perguntam se você está falando com outra pessoa no *site* e dizem que não têm experiência com *sites* e/ou que estão naquele *site* há pouco tempo.

Aqui vai uma dica: se o cara começou a falar com você dizendo que quer saber mais de você ou algo assim, observe se ele visitou seu perfil. Raramente o fazem. E esse tipo de detalhe fica registrado nos *sites*, mas apenas na modalidade paga.

Se você optar por incluir no seu perfil perguntas que estimulem uma boa conversa para facilitar a abordagem, isso pode ajudar também a identificar os perfis *fakes*, vez que provavelmente não terão lido o que você escreveu e provavelmente não responderão a sua pergunta e, se o tiverem lido e optado por responder a sua pergunta, você pode utilizar esse início de conversa para confirmar informações posteriormente.

Como essas pessoas já estão sob a lupa dos *sites* e aplicativos, em geral, não ficam muito tempo, por isso procuram atrair você para outros aplicativos logo de imediato. Então, convém esperar um dia para responder e observar se o perfil aparece como indisponível. Isso não significa que, se o perfil permanecer ativo, não seja *fake*.

Uma outra dica é observar o português, pois é muito comum esses fraudadores não saberem falar português – a maioria fala inglês – e, portanto, quando fazem a tradução usam ferramentas da Internet e não diferenciam o gênero masculino do feminino; por exemplo, está falando com uma mulher e escreve, "quero conhecê-lo". Nesse caso, se a pessoa fizer esse tipo de confusão, já é um sinal.

Pergunte coisas que estão escritas na descrição pessoal dele. De todos os perfis *fakes* com os quais eu conversei, todos se perdiam em alguma mentira. Faça como eu fiz, por exemplo, perguntando pelo cachorro da foto. Ele não tinha escrito sobre o cachorro, mas eu resolvi confirmar a informação. Da mesma forma no caso do filho de cinco anos que era cuidado por uma babá que trabalhava para ele há dez anos.

Um outro, que havia postado uma foto em frente a um navio de cruzeiros e tinha informado no perfil que era marinheiro, quando eu perguntei se ele estava embarcado em alto-mar, ele levou um susto e me perguntou como eu sabia.

Enfim, essa é sua oportunidade de confirmar informações. Geralmente eles não prestam atenção no que escrevem, ou esquecem e não se lembram das fotos que postaram. Portanto, não pergunte de imediato. Espere uns dias.

Para que você se previna, sugiro que salve todas as telas do perfil dele, das conversas que vocês tiveram e confirme tudo, de forma sutil, aos poucos, fazendo algumas perguntas de forma a verificar se ele se perde ou não. Fique atento(a).

Tome o cuidado de não fazer perguntas óbvias. Saiba confirmar as informações com sutileza.

Antes de deixar-se envolver, colha o máximo de informações trocando mensagens ou conversando e faça muitas confirmações.

Prefira trocar mensagens apenas pela plataforma, ao menos inicialmente.

Quando lhe pedirem pra falar pelo WhatsApp, antes de adicionar ou aceitar o convite por aquele aplicativo, verifique o código de área do número e veja se coincide com o que está descrito no perfil do usuário no *site* de relacionamento; exemplo, se ele diz que mora em São Paulo, o DDI tem que ser do Brasil e o DDD tem que ser de São Paulo. Isso é fácil de confirmar em qualquer *site* de pesquisa na Internet.

Peça *e-mail,* Facebook, Instagram e, principalmente, antes de incluí-lo(a) ou começar a segui-lo(a), faça uma verificação básica. Veja desde quando a conta está ativa, quantos amigos tem, se o perfil dos amigos é compatível com o que ele(a) diz fazer, com os lugares que afirma frequentar. Verifique a data de nascimento, para saber se a idade é compatível. Se tem muitas fotos, se o nome e a cidade, bem como estado civil, dados do trabalho ou qualquer informação que possa confirmar o que vocês trocaram de informação nas conversas e o que você leu no perfil dessa pessoa, registrado lá no *site* confirmam tudo o que você sabe dele(a). Esteja atento aos amigos dele(a) também, se são todos mulheres ou todos homens.

Perguntar o nome completo e pesquisar na Internet, em todas as mídias possíveis, desde ferramenta geral de pesquisa, até o LinkedIn, para confirmar ao menos os dados básicos. É muito raro hoje alguém não ter rastro nenhum na Internet.

Mas não é impossível que a pessoa não tenha Facebook, ou não queira dizer que tem por entender que isso exporia demais sua vida, ou até por motivo profissional. Isso, por si só, não demonstra que a pessoa é desonesta ou que o perfil é *fake*.

Outra confirmação que você pode fazer é das fotos. Existem ferramentas na Internet nas quais você cola a foto e a ferramenta faz a pesquisa *on-line*. Para ser sincera, nunca consegui localizar as fotos dos que tentaram me enganar, mas isso não quer dizer que não se possa localizar. Não custa tentar.

Há muitas pessoas carentes nesses *sites*, o que as torna um campo fértil para golpes; portanto, esteja atento(a) a perfis de pessoas que querem se relacionar com o outro gênero, dos 18 aos 70 anos. Não é comum um homem optar por uma abrangência tão grande de faixa etária, em especial se tiver, por exemplo, 40 anos. Também não é impossível, principalmente se ele tiver mais de 65.

Some todas as informações do perfil e das redes sociais antes de chegar a uma conclusão.

Após lhe atraírem para outros aplicativos, como o WhatsApp e o Telegram, ou até mesmo *e-mail*, você irá observar que a evolução do *romance* vai ser rápida e que, em caso de americanos que trabalham para o governo, não *conseguirão* abrir a *webcam*, pois estariam arriscando serem punidos.

Depois de conquistar sua confiança, ou de pensarem terem-na conquistado, surgirão as dificuldades de dinheiro, que podem iniciar com valores pequenos, como o valor para um documento, ou algo maior para bancar o filho doente em um momento em que ele ou ela não pode acessar o banco porque não pode sair de lá. Se você disser que não tem esse dinheiro, ele pede o que você puder.

Há relatos de vítimas que ficam tão envolvidas que fazem empréstimo para enviar dinheiro.

Se disser que ele(a) comprou passagem para te visitar, é possível que te mostre uma reserva e é provável que ele ou ela não tenha efetivado a compra. Esteja sempre atento(a).

Qualquer pedido de dinheiro é indício de golpe. Seu parceiro ideal não vai lhe pedir dinheiro. Em hipótese alguma dê dinheiro. Procure um parceiro que queira estar em sua companhia, não na de sua conta bancária.

Lembre-se que aqui são apenas poucos exemplos de cuidados. Essas pessoas estão ficando cada vez mais especializadas em aplicar golpes. Já tenho recebido perfis de todo tipo, não apenas de militares.

A tendência é de essas pessoas irem se especializando.

Tenho observado perfis *fakes* nos quais o interlocutor não escreve nada em sua descrição, não entra no seu perfil, melhorou o português, no sentido de usar corretamente o gênero, mas, se você prestar atenção aos detalhes, perceberá algumas características, como incluir estatura para a pessoa que ele ou ela está buscando, entre 132cm e 208cm. Os nomes incluídos tendem a ser estrangeiros, a cidade não bate com a unidade federativa onde deveria estar localizada, por exemplo – São Paulo – Rio Grande do Sul. Nem sei como conseguem fazer isso... Em geral os sistemas têm travas para esse tipo de informação. Observe também a quantidade de fotos e a paisagem ao fundo. Em geral as fotos são de localidades fora do Brasil – todas. Analise se as informações, inclusive fotos, se são coerentes com a história que ele está contando. Pergunte onde ele tirou determinada foto, em especial se você reconhece o local. E, se você conhece a cidade incluída como de residência dele, faça alguma pergunta específica sobre o lugar, do tipo, o local onde ele costuma passear aos domingos.

Eis um exemplo de interação de um desses perfis comigo.

Marc, que aparenta ter no máximo 50 anos, informa ter 61, ser de Curitiba, Paraná, à procura de mulheres entre 52 e 69 anos, em um raio de 81km de Curitiba (eu moro a quase 1.000km de Curitiba). Estatura da mulher que ele procura – entre 132cm e 208cm.

Sem preferência por estado civil, tipo físico, escolaridade, religião, fuma, bebe, etnia, tem filhos, quer filhos, idiomas, exercício, animais de estimação.

Não ter preferência por nenhuma dessas questões é uma informação relevante, apesar de haver muitos perfis pouco preenchidos entre os inscritos nos *sites*. Pode ser – não necessariamente é – um indicativo de perfil *fake*. Em geral as pessoas dão ou querem informações a respeito de hábitos de fumo, bebida, eventualmente de religião e comumente a respeito de filhos – sobre ter ou querer.

Marc não visitou meu perfil, não curtiu fotos ou perfil e escreveu:

> Olá querida, como você está? Você tem um bom perfil e estou interessado em saber mais de você, meu nome é Marcus, e eu sou novo neste site, embora eu não acredito em amor à primeira vista, você pode me enviar seu número Whatsapp aqui e eu vou escrever para você e lhe enviar minha foto e detalhes sobre mim, de lá, poderia continuar a aprender mais e ver o que o futuro brilhante tem para nós. Espero para ler de você em breve.

Em primeiro lugar, se você se afastar um pouco do conjunto do texto já perceberá que parece ser um texto escrito às pressas, sem cuidado, que não diz nada e que parte direto para a necessidade de trocar telefone para se afastar da ferramenta.

Observe que ele diz que eu tenho um bom perfil, mas ele não visitou meu perfil. Outro detalhe, além de me chamar direto para falar no WhatsApp, é a informação de ser "novo neste *site*". A chave de ouro é dizer que "não acredito em amor à primeira vista". Eu não respondi à mensagem do "Marcus", mas poderia apostar minhas fichinhas que ele estaria apaixonado por mim no segundo dia de conversa por WhatsApp. Observe que ele usa a expressão "futuro brilhante". Não me lembro de ninguém no Brasil usar esse tipo de expressão, a não ser quando se refere à carreira de alguém. Por último, a frase padrão: "Espero para ler de você em breve". Não me lembro de nenhum interlocutor que não fosse fake escrever isso. Não é uma expressão usual em português.

Outra dica importante é, quando aceitar usar outros aplicativos para continuar a interagir, não envie fotos de seus filhos para o seu interlocutor. Por incrível que pareça, já recebi diversas fotos dos filhos de homens que conheci nos *sites* de relacionamento.

É normal sentir orgulho dos filhos, mas enviar suas fotos expõe a criança a sérios riscos.

COMO EVITAR PASSAR DOS LIMITES

Se você é o tipo de pessoa que está buscando um relacionamento sério, é importante saber como estabelecer, de início, uma certa distância. Ao menos até conhecer um pouco melhor a outra pessoa.

É comum a conversa migrar para insinuações com conotação sexual. Isso é até bom. Já mostra que o interlocutor tem interesse também nisso, mas não é só de sexo que o relacionamento se mantém. Nada impede que você responda a uma insinuação com outra, mas o melhor no início é ignorar, fingir que não entendeu ou que não ouviu. Mudar de assunto é uma boa técnica. Um bom entendedor saberá que ainda não é o momento.

Se você passar de imediato para assuntos a respeito de sexo, é possível – não necessariamente uma verdade absoluta – que o tema central acabe se tornando esse e você se veja em uma situação complicada para sair.

Caso isso aconteça ou você opte por ir por esse caminho, seguem algumas dicas de ouro:

Não envie fotos de nudes. Não sabemos se pessoas como o William (lembram? Do capítulo I?) não têm a intenção de chantagear você depois e, assim, obter ganho financeiro. Já ouvi falar de homens que foram chantageados, inclusive com o argumento de dizerem que do outro lado da relação havia uma menor.

Aqui segue um conselho para os homens que optam por interagir com pessoas que dizem ter 18 anos. Muito cuidado com isso. Há quadrilhas muito maliciosas agindo com perfis *fakes* e depois acabam fazendo ameaças. Principalmente se você for levado para outros aplicativos de imediato.

Nos *sites* de relacionamento há um certo controle, mas em outros ambientes, o assunto pode virar caso de polícia.

Tendo os cuidados com a segurança pessoal em mente, também é necessário saber que a porta tem de ser aberta para deixar entrar, mas temos de saber exatamente o ângulo de abertura. Se abrirmos demais, pode entrar o indesejado. Se abrirmos pouco, pode ser que ninguém passe. Essa medida é a grande dificuldade. Precisa ser sentida a cada dia, a cada diálogo. Precisamos estar com a mente atenta e ir abrindo o acesso ao coração aos poucos, com cuidado.

Nosso amor próprio tem de estar em primeiro lugar. Isso não significa egoísmo ou orgulho. Significa autoestima.

Não passe informações pessoais. Apesar de simpático, seu pretendente ainda é um estranho.

Não deixe a carência sobrepor suas crenças, embora o amor possa surpreender; priorize um parceiro que compartilhe dos mesmos valores. Pode ser que num primeiro momento um relacionamento em que as crenças não são compatíveis funcione, mas, mais cedo ou mais tarde, as diferenças aparecem e podem trazer dificuldades para o relacionamento.

Isso não é uma verdade absoluta. Se houver amor, pode que um esforço mútuo faça a diferença.

Não envie e evite receber fotos ou vídeos comprometedores. Melhor não abrir brechas para exposições indevidas ou extorsões.

Alinhe seus objetivos. Pesquise quais são os anseios dele(a) e veja se estão em conformidade com os seus. Do contrário, poderão surgir muitos conflitos.

Assim como em relação às crenças e aos valores, isso não é uma verdade absoluta, mas pode gerar dificuldades futuras para administrar o relacionamento.

PRIMEIRO ENCONTRO:
dicas

Tenha preferência por marcar um primeiro encontro em lugar público. Uma cafeteria em um *shopping* é um bom princípio. Em tempos de pandemia, escolha um local ao ar livre, bem localizado, preferencialmente em horários de movimento. Jamais fique sozinho(a) com a pessoa, em local isolado, num primeiro encontro.

Não marque em casa, seja sua ou dele; não aceite nem peça carona.

Escolha uma roupa adequada ao ambiente, limpa, passada. Esteja cheiroso(a), mas não tome banho de perfume. Não se atrase, mas não seja radical com pequenos atrasos – o que significa de 5 a 10 minutos. Não mais do que isso.

Deixe claro que seus amigos ou familiares sabem do encontro. E sempre passe uma foto, o contato dele e detalhes de onde você vai se encontrar com ele ou ela para alguém de sua confiança, que esteja preparado para auxiliar em caso de necessidade.

Atenção ao comportamento. Observe a relação do seu pretendente com as demais pessoas. Saiba que provavelmente você também está sendo observado(a).

Dê preferência a outra pessoa quando passando por uma porta; espere até que o outro se sirva de alguma coisa; saiba pedir "por favor" e agradecer; e partilhe o que você pediu, se for possível.

Veja como ele trata subordinados, o garçom, o motorista do transporte, o porteiro. Esse é um excelente termômetro para avaliar o caráter do parceiro. Ele não precisa ser amigo do garçom e do porteiro, ou do motorista do aplicativo, mas cordialidade e boa educação são fundamentais. Atente aos olhos dele ao se dirigir às pessoas. Veja se ele consegue enxergá-las. Com isso quero dizer não ignorá-las.

A conversa tem de ser um jogo mútuo, isto é, se a outra pessoa lhe faz uma pergunta, responda e retorne com uma pergunta a respeito dela. Alimente a conversa. Não fique somente nos "sim" e "não" ou outras respostas lacônicas. Assim, ambos estarão se conhecendo e avaliando a possibilidade de o relacionamento fluir ou não.

Quando seu interlocutor estiver falando, olhe nos olhos dele. Não precisa ficar encarando, mas troque olhares. Assim ele saberá que você está prestando atenção no que ele está dizendo.

Seja comedido(a) quanto ao que você fala. Dê oportunidade para que ele(a) fale também. Você não precisa contar toda a sua vida no primeiro encontro.

Em certa oportunidade, tive um primeiro encontro com uma pessoa que, de imediato, me contou tudo a respeito de sua vida financeira. Eu me senti constrangida de receber tanta informação, e ele poderia ter sido vítima de uma quadrilha naquela oportunidade.

Evite reclamações, sejam elas da natureza que forem.

Evite ingerir bebida alcoólica em excesso. Se possível, não beba. O álcool nos deixa à vontade e não convém falar demais ou expor-se em demasia num primeiro contato pessoal. Caso opte por consumir, tenha cuidado. Sempre mantenha o copo em sua mão ou à vista.

Não tenha receio de dizer que gostou da experiência, mas não precisa se rasgar em elogios de cara. Seja comedido(a).

Evite também que ele ou ela o acompanhem até seu carro, se tiver optado por usar meio de transporte próprio. Tome a iniciativa para um contato social. Não espere apenas pela outra pessoa. Mas saiba dosar suas iniciativas. Não faça contato toda hora, todo dia. Nem todos gostam de "bom dia", "boa tarde" e "boa noite" no WhatsApp.

Você pode finalizar o primeiro encontro dizendo que gostou e que gostaria de repetir, ou, caso você seja uma pessoa mais tímida, envie um Whats depois dizendo isso. Essa é uma ótima maneira de fazê-lo lembrar do encontro e se sentir estimulado a querer um segundo.

Segurança no primeiro encontro

Antes de marcar um encontro, faça uma chamada de vídeo com o seu pretendente. Confirme que a pessoa com quem você está falando é a mesma das fotos postadas no *site*.

Conte seus planos para alguém. Sempre conte para uma pessoa de sua confiança, seja um amigo ou um familiar, sobre seus planos antes de sair. Informe a localização exata e o horário do encontro e quando pretende voltar para casa. Peça que lhe telefonem no meio do encontro para confirmar que está tudo correndo bem, mas esteja atento ao telefone e atenda quando chamarem, para tranquilizá-los. Considere fazer um primeiro encontro com mais pessoas, com outro casal ou leve um amigo com você, ou mesmo peça a amigos que fiquem pelas proximidades.

Você pode também combinar com a pessoa de confiança uma frase-senha para o caso de você estar se sentindo em perigo.

Compartilhe sua localização. Compartilhe sua localização do GPS com um amigo de confiança ou com familiares enquanto você estiver fora. Você pode, inclusive, utilizar o recurso de localização de seu celular. Mas cuide para deixar seu telefone carregado, pois esse tipo de recurso costuma consumir rapidamente a bateria dos aparelhos em geral.

Encontre-se com a pessoa em um local público e não vá para outros lugares quando for encontrar alguém pela primeira vez. Escolha um local com pessoas por perto. Dê preferência para um primeiro encontro diurno, se possível num *shopping*, em alguma cafeteria aberta.

Familiarize-se com o local do encontro, se possível. Confira a localização do encontro com antecedência. Preferencialmente seja você quem escolhe o local.

Verifique se o celular está carregado. Mantenha o celular totalmente carregado e fique com ele sempre à mão, para o caso de precisar se comunicar em uma situação de emergência, e esteja atento a telefonemas de pessoas de sua confiança.

Sempre providencie seu meio de transporte para o encontro. Assim, você terá controle de quando chegar e de quando ir embora. Nunca aceite que a pessoa busque você em casa. Se você tiver veículos caros, evite utilizá-los para locomover-se no primeiro encontro. Use aplicativos ou táxi inicialmente. Não é recomendável mostrar muito patrimônio antes de conhecer bem seu(ua) pretendente.

Compartilhe informações pessoais com cautela. Nunca se sinta na obrigação de revelar informações de identificação pessoal, como endereço residencial ou local de trabalho.

EPÍLOGO

Espero que este livro tenha ajudado você a tomar uma decisão, seja ela usar ou não os serviços desses *sites*.

Acredite, tem alguém aí no mundo pra você. Se você estiver se sentindo sozinho(a), procure, mas não esqueça que todo relacionamento requer investimento, seja de tempo, de recursos financeiros – mesmo que um simples pagamento pelo uso de um *site* de relacionamento –, seja de esforço para que haja sucesso.

Esteja aberto(a) ao amor, mas sem expor-se em demasia. A diferença entre o remédio e o veneno é a dosagem. Saiba acertar a dose.

Desejo muito amor na sua vida e sucesso nessa empreitada.